四季诗书

胡宁 编著

玄英

四川人民出版社

图书在版编目（CIP）数据

四季诗书. 玄英 / 胡宁编著. -- 成都：四川人民出版社, 2024.12. -- ISBN 978-7-220-13647-4

Ⅰ.I222

中国国家版本馆CIP数据核字第2024AZ4585号

SIJI SHISHU：XUANYING

四季诗书：玄英

胡宁 编著

出 版 人	黄立新
出 品 人	武 亮　刘一寒
策 　 划	郭 健　石 龙
责任编辑	舒晓利
特约校对	文 雯
产品经理	星 芳　韩孟迅
装帧设计	Recife
出版发行	四川人民出版社（成都三色路238号）
网 　 址	http://www.scpph.com
E-mail	scrmcbs@sina.com
新浪微博	@四川人民出版社
微信公众号	四川人民出版社
发行部业务电话	（028）86361653　86361656
防盗版举报电话	（028）86361653
照 　 排	天津书田图书有限公司
印 　 刷	天津中印联印务有限公司
成品尺寸	130mm×200mm
印 　 张	10
字 　 数	225千
版 　 次	2024年12月第1版
印 　 次	2024年12月第1次印刷
书 　 号	ISBN 978-7-220-13647-4
定 　 价	52.00元

■版权所有·侵权必究

本书若出现印装质量问题，请与我社发行部联系调换

电话：（028）86361656

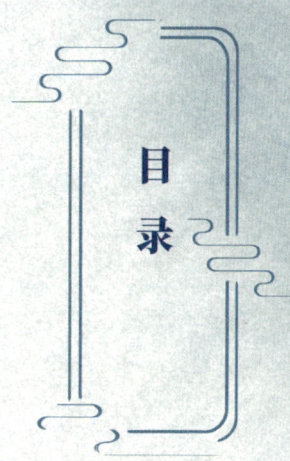

孟冬之月

003	十月之交(节选)	/西周·佚名
007	点绛唇·十月二日马上作	/清·龚自珍
010	冬至三首(其一)	/宋·张耒
014	隋王鼓吹曲十首(其六)校猎曲	/南朝·谢朓
018	杨柳枝(其四)	/明·王世贞
020	十月奉教作	/唐·李峤
023	己未岁十月七日登唐台山偶成	/宋·赵抃
026	观胡人吹笛	/唐·李白
029	雷	/唐·杜甫
033	清平乐·湿云笼雾	/清·朱彝尊
036	忆长安·十月	/唐·樊珣
039	宿新安江深渡馆寄郑州王使君	/唐·朱长文
042	建中四年十月感事	/唐·严巨川
046	巴女词	/唐·李白
048	冬夜对酒寄皇甫十	/唐·白居易
051	江楼闻砧(江州作)	/唐·白居易
054	己亥年十月十七日大雪	/宋·杨亿
057	十月十八日	/宋·梅尧臣
061	十月菊上蜂	/宋·梅尧臣
065	十月二十日作(是日甚寒,始有冰)	/宋·王禹偁
069	登如方山(戊辰十月历阳赋)	/宋·贺铸
072	西江月·十月谁云春小	/宋·范成大
075	南中感怀	/唐·樊晃
078	十月二十四日早始见雪登白云台闲望乱道走书呈尧夫先生	/宋·富弼
081	大同十年十月戊寅诗	/南朝·萧纲
085	宿灌阳滩	/唐·戴叔伦
088	洛桥晚望	/唐·孟郊
091	步出夏门行·冬十月	/汉·曹操
094	十月二十九日雪四首(其一)	/宋·苏辙
098	赠刘景文	/宋·苏轼

仲冬之月

103	浣溪沙·仲冬朔日独步花坞中晚酌萧然见樱桃有花	宋·毛滂
106	杂曲歌辞·蓟门行五首(其三)	唐·高适
109	和范御史十一月三日见月	宋·赵抃
112	十一月四日风雨大作二首(其二)	宋·陆游
116	十一月五日夜半偶作	宋·陆游
119	十一月六日夜半渡江	明·周伦
122	十一月七日五首(其三)	宋·张耒
125	十一月初八日观雨(久欲西游为警报所阻)	元·方回
128	渔家傲·滇南月节(其十一)	明·杨慎
132	十一月十日海云赏山茶	宋·范成大
135	十一月十一日夜步行中庭月色明甚作诗三绝(其一)	宋·周紫芝
138	十一月十二夜梦南冠旧友感泣有赋	宋·马廷鸾
141	元丰七年十一月十三日与几先自竹西来访庆老不见得与徐君卿供奉蟾知客东阁道话久之惠州追录	宋·苏轼
144	十一月十四夜发南昌月江舟行四首(其二)	清·陈三立
147	仲冬望乍晴风横甚而窗月破梦有成	明·王世贞
150	晚酌示藏用诸友(其十)	明·陈献章
153	十一月弇园红梅盛开偶成(其一)	明·王世贞
156	巴陵夜别王八员外	唐·贾至
159	邯郸冬至夜思家	唐·白居易
162	状江南·仲冬	唐·吕渭
164	九年十一月二十一日感事而作(其日独游香山寺)	唐·白居易
168	壬子仲冬上京族中弟侄送过石门而别(其二)	明·祁顺
171	戏效十二月吴江竹枝歌(其十一)	明·顾清
174	南湖十一月二十四夜月	明·谭元春
177	丁酉仲冬即景十六首(其五)玉楼吹笛	明·叶颙
180	丁酉仲冬即景十六首(其十六)石鼎茶声	明·叶颙
183	十一月二十七日步自虎溪至西寺摩挲率更旧碑近览前闻人故游有感而赋	宋·岳珂
187	十一月二十八日大雪	明·黄宗羲
190	十二月(其十一)辽阳寒雁十二首	唐·佚名
192	上林春令·十一月三十日见雪	宋·毛滂

季冬之月

197	十二月一日三首（其一）	/唐·杜甫
200	腊月二日烟雨馆	/宋·葛绍体
202	腊月三日	/宋·孔武仲
205	腊月	/宋·陆游
209	腊月村田乐府十首（其一）冬舂行	/宋·范成大
214	腊月书事	/宋·张耒
217	忆黄州梅花五绝（其一）	/宋·苏轼
220	腊八粥	/清·王季珠
223	蓝田刘明府携酎相过与皇甫郎中卯时同饮醉后赠之	/唐·白居易
226	游山西村	/宋·陆游
230	送陈亨甫如湖南	/元·宋褧
232	送彭司户之官三山	/宋·戴复古
235	阁夜	/唐·杜甫
239	腊月十四日雨	/宋·陆游
242	梅花诗	/南北朝·庾信
245	次韵郑维心腊月十六日有作（其一）	/宋·沈与求
248	早花	/唐·杜甫
251	腊月十八日蚤苦寒与家妇饮	/宋·张耒
255	奉酬辛大夫喜湖南腊月连日降雪见示之作	/唐·刘长卿
260	腊月	/宋·王禹偁
263	瑞鹧鸪·咏红梅	/宋·晏殊
266	腊月二十二日渡湘登道乡台夜归得五绝（其一）	/宋·张栻
269	十二月二十三日作兼呈晦叔	/唐·白居易
272	腊月村田乐府十首（其三）祭灶词	/宋·范成大
276	腊月	/宋·赵崇嶓
279	腊月雪后	/宋·汪莘
282	韦使君宅海榴咏	/唐·皇甫曾
285	逢雪宿芙蓉山主人	/唐·刘长卿
288	闽城岁暮	/元·萨都剌
291	除夜作	/唐·高适

闰月五首

297	眼儿媚·酣酣日脚紫烟浮	/宋·范成大
300	闰四月廿三日梦中作	/清·钱谦益
303	闰月七日织女	/唐·王湾
306	戊辰闰八月归临安观旧题修竹黄杨丁香慨然有感	
	复书三绝于后（其二）	/宋·王十朋
309	悯农	/宋·杨万里

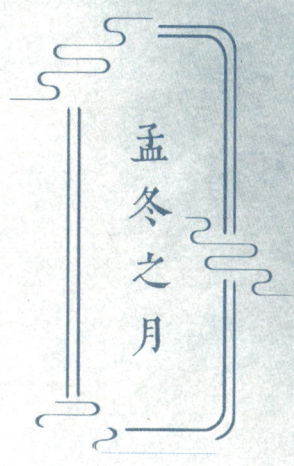

孟冬之月

十月之交[1]（节选）

西周·佚名

十月之交，朔月[2]辛卯。日有食之，亦孔[3]之丑[4]。彼月而微[5]，此日而微。今此下民，亦孔之哀。

日月告凶，不用其行[6]。四国无政，不用其良[7]。

彼月而食，则维[8]其常。此日而食，于何不臧[9]。

1 十月之交：出自《诗经·小雅》。交，日月交会，即发生日食或月食。
2 朔月：月朔，指每月初一。
3 孔：很。
4 丑：恶。
5 微：不明。
6 行：轨道。
7 良：贤人。
8 维：是。
9 臧：好。

烨烨[1]震[2]电，不宁[3]不令[4]。百川沸腾，山冢崒[5]崩。高岸为谷，深谷为陵。哀今之人，胡憯[6]莫惩[7]？

译文

十月的天象反常，日月交会，发生在本月初一辛卯日。发生了日食，兆头很不妙。朔日月亮昏暗无光，太阳竟然也失去了光芒。如今的黎民啊，是多么的悲哀。

太阳、月亮显出凶兆，不按照它们的轨道运行。天下没有善政，贤才得不到任用。就算月食是平常的事情，那日食出现是因为什么地方有凶兆吗？

雷声隆隆电光闪闪，天下不得安宁。河流都如沸腾了一般，崇山峻岭赫然崩塌。高高的崖岸变成了山谷，深深的山谷变成了高山。可悲啊如今的人，为何还没有停止作恶呢？

解说

这是西周末年幽王在位时，一个王朝大夫针对当时天灾乱政而写的诗，表达了悲哀愤懑而又无可奈何的心情。全诗八章，这里节选了前三章。

第一章写日食。此次日食发生在十月的朔日，即十月初一，诗人言"亦孔之丑"，认为这预示着将有很大的坏事发生。

1　烨烨：电光强烈貌。
2　震：雷。
3　宁：安徐。
4　令：善。
5　崒：通"碎"。
6　胡憯：意为"何"。
7　莫惩：意为"不止"。

明·谢时臣
风雨归村图（局部）

不仅有日食，之前还发生了月食，即"彼月而微，此日而微"，诗人深深为当时的人们感到悲哀。我们站在今天的时代高度，知道日月食都是自然现象而已，并不是政治上的某种预兆，但诗中的表达并不因此就失去了价值，因为诗人是在混乱的政局中借着天象抒发自己的悲愤，即便没有日食月食，周王朝也已经大事不妙了。

第二章接着就日食而论时政。诗人认为之所以发生日食，是因为日月偏离了轨道。诗人说如同日月偏离轨道，"四国无政，不用其良"，天下之政也偏离了正轨，这是试图在自然规律与社会规律之间建立对应关系，认为前者象征、提示着后者。政治偏离正轨的主要表现就是"不用其良"——不用贤能的人，言下之意，朝中显要都是尸位素餐。诗人退一步说月食尚可称为平常的现象，那日食出现是因为什么地方有凶兆吗？

这实际上是在说"不用其良"的后果会很严重。

第三章写大地震。与日月食仅仅是自然现象不同，大地震的恐怖威力能让千家万户陷入灭顶之灾，加剧国家负担与社会矛盾。前两句"烨烨震电，不宁不令"写的是地震的先兆，"不宁不令"有坏兆头的意思。中间四句写地震造成的恐怖现象，河水如沸腾一般，山峰亦崩塌了，很大范围内的地形发生了巨变，即"高岸为谷，深谷为陵"，这被认为是朝廷颠覆之象。发生了如此骇人的大灾，在当时的观念看来，可以说是最明显不过的"上天示警"了，可周王朝上上下下却仍不警醒，让诗人悲愤莫名，厉声问道："哀今之人，胡憯莫惩？"质问为什么没人悔改，诗的情绪色彩也随着这一声怒吼而达到高潮。

此诗层次清晰，感情真挚，表现了诗人忧国忧民的一片赤诚。

点绛唇[1]·十月二日马上作

清·龚自珍

一帽红尘[2],行来韦杜[3]人家北。满城风色,漠漠[4]楼台隔。

目送飞鸿,景[5]入长天灭。关山[6]绝,乱云千叠[7],江北江南雪。

龚自珍 (1792—1841)

字璱人,号定盦,又号羽琌山民,仁和(今浙江省杭州市)人。清末著名思想家、文学家。

早年屡试不第,嘉庆二十五年(1820)以举人身份选为内阁中书,直到道光九年(1829)第六次参加会试,才得中进士。

龚自珍经学功底很深厚,又精通史学、佛学,深受天台宗影响。与魏源并称"龚魏",思想带有明显的启蒙性质。有《定盦文集》传世。

---

1. 点绛唇:词牌名,又名"点樱桃""十八香""南浦月""沙头雨""寻瑶草"等。
2. 红尘:车马扬起的飞尘。
3. 韦杜:指长安城南的韦曲、杜曲。
4. 漠漠:迷蒙貌。
5. 景:同"影"。
6. 关山:关隘山岭。
7. 千叠:千重。

清·王鉴
湘碧居士仿古册·其十二

译文　　满面风尘来到这繁华的帝都北城。满城风沙,迷蒙中楼台相隔,模模糊糊。

目送天边的飞鸿,鸿雁的身影消失在长天尽头。关山阻隔,纷乱的云层千重,眼看雪将遍洒大江南北。

解说

据《怀人馆词选》中的次序,此词排在词人嘉庆十六年(1811)六月所作《水调歌头·风雨飒然至》后,而第二年四月词人已经南下,所以此词当作于这一年的冬天。

上阕词人写自己来到京城,对京城的初步印象。"一帽红尘"表明自己风尘仆仆而来,到达了"韦杜人家北"。唐代世家大族韦氏、杜氏居住在长安城南,所以其"北"就是指京城,在明清指北京。"满城风色"写出了北京的气候特点,即风沙较大,特别是冬春季节。"漠漠楼台隔"言漠漠风沙阻隔了楼台。表面写天气与景物,实际写词人的心境,虽然身在这个城市,内心却一片茫然,那些亭台楼阁所象征的生活,就像裹在风沙里一样,与自己相隔甚远。

下阕从一城风色中展开,表达词人对远在千里之外的故乡的思念。词人举首望去,"目送飞鸿,景入长天灭"。鸿雁南飞,正是家的方向,词人的心也随之飞跃万重关隘山岭、千叠乱云,再随雪花飘落在江南江北。这样写,颇有天高任鸟飞、海阔凭鱼跃的气象,不仅表达了词人思乡之情,也表现了词人不受束缚的性格。读者从此处可知,词人的人生舞台并不是"漠漠楼台隔"的京城所能局限的。

此词情景交融,实景与想象相结合,既写物境又写心境,有着丰富的内蕴,先沉郁而后舒展,笔触无往不适,可谓才气纵横。

冬至三首（其一）

宋·张耒

张耒（1054—1114）

字文潜，号柯山，世称宛丘先生，祖籍亳州谯县（今安徽省亳州市），楚州淮阴（今江苏省淮阴市淮阴区西南）人。北宋文学家。

神宗熙宁六年（1073）中进士，历官临淮主簿、寿安尉等职。

张耒为诗文服膺苏轼，与黄庭坚、晁补之、秦观并称"苏门四学士"。散文创作上提倡文理并重。诗歌创作对现实生活有较深的体察，多反映了当时下层百姓的生活。有《柯山集》《张右史文集》传世。

昨夜新霜落，淮南[1]十月初。

寒云风后白，高木雨来疏。

功业嗟谋拙，星霜[2]逼岁余[3]。

子云[4]真拙者，寂寞[5]为玄书[6]。

1　淮南：即淮阴，指淮河以南、长江以北的地区。
2　星霜：星晨霜露。谓艰难辛苦。
3　岁余：冬季。冬者岁之余。
4　子云：西汉扬雄的字。扬雄是西汉末年学者、文学家，成帝时任给事黄门郎。后仕于王莽，为大夫。
5　寂寞：冷清，孤单。
6　玄书：指扬雄所撰的《太玄》一书。

清·罗牧
古木竹石图

译文 昨夜结了霜,在这淮河以南的十月初。风停息后寒天之云显得更白,高大的树木在雨中显得萧疏。嗟叹自己在功业谋划上太过迟钝,在艰难困苦的逼迫下又到了冬天。汉时的扬雄真是个笨拙的人啊,只能在冷清孤单中写《太玄》。

解说 此诗当是张耒晚年回到家乡淮阴时所作,即崇宁五年(1106)的初冬,同题诗共三首,这是第一首。

首联点出诗歌创作的时间、地点。时间是十月初,可知诗题的"冬至"是冬天到来的意思,并非冬至节。地点是淮南,即淮阴,山北水南为阴,指淮河以南、长江以北的地区。诗人以"昨夜新霜落"言此时淮南的物候。苏辙的一首七律就以"新霜"为题,前四句曰:"败檐疏户秋寒早,老人脚冷先知晓。浓霜满地作微雪,落叶投空似飞鸟。"可知是天寒的表征。

颔联写景。孟冬时节,寒云本就白,而被风吹得丝丝缕缕的云更白;树木黄叶落尽,本就萧疏,在雨中就更加萧疏。以"风后"修饰"白",以"雨来"修饰"疏",写出了微妙的变化过程,非体物细致者不能为。从时间顺序来说,此联用了倒序的手法,本应是写一个从下雨到放晴的过程,可是诗人先写放晴,再写下雨,别有一番韵味。这两句也有象征的意味,风雨象征着诗人在政治上所受的打击,寒云之白象征着他的清白,而高木之疏象征着他的境况。

颈联自嗟。"功业嗟谋拙"是说仕途上的困顿。因为悼念恩师苏轼,张耒于崇宁元年(1102)被贬为房州(今湖北省房县)别驾,安置于黄州,直到崇宁五年(1106),宋徽宗诏除一切党禁,张耒才得任便居住,回到家乡。回顾自己一路坎坷,屡遭贬谪，自嘲"谋拙"即谋划笨拙。"星霜逼岁余"表面上是呼应首句"昨夜新霜落"，言一年已经接近尾声，实际上是以象征的手法嗟叹自己已老迈。

尾联以扬雄自况。"子云"是扬雄的字，诗人言其"真拙者"，实际上仍是说自己"谋拙"，谋拙的结果就是"寂寞为玄书"，即像扬雄在冷清孤单中写《太玄》一样埋头著述。从此联可见诗人虽然自嗟，但并未后悔自己的拙于谋划，而是在有类似命运的古人那里找到了共鸣，饱含了对自我的肯定。唐人高适在《哭单父梁九少府》一诗中就用扬雄比拟故去的友人，说"夜台今寂寞，独是子云居"，以扬雄的宅邸比拟亡友生前的门庭冷落、生活清苦。此诗以扬雄自况，当是受高诗影响。

隋王鼓吹曲[1]十首
（其六）校猎曲

南朝·谢朓

凝霜冬十月，杀盛凉飙[2]衰。
原泽旷千里，腾骑[3]纷往来。
平罝[4]望烟合，烈火从风回。
殪[5]兽华容浦[6]，张乐荆山台[7]。
虞人[8]昔有谕，明明时戒哉。

1. 鼓吹曲：乐府歌曲名。古乐中有鼓吹乐，用鼓、钲、箫、笳等乐器合奏，历代多有歌辞配合。
2. 凉飙：秋风。
3. 腾骑：奔驰的骑兵。
4. 平罝：张开的捕兽网。
5. 殪：杀死。
6. 华容浦：华容的水泽。华容在今湖南省华容县。
7. 荆山台：荆山上的高台。荆山在今湖北省西部荆州附近。
8. 虞人：古掌山泽苑囿之官。此处用《虞人之箴》的典故。

宋·赵伯骕 番骑猎归图

译文

孟冬十月,霜露凝结,肃杀之气盛而秋天的气息衰弱。在空旷的千里原野上,奔驰的骑兵纷至沓来。张开的捕兽网在烟雾中合围,烈火随着风盘旋。在华容浦捕猎野兽,又去荆山台上奏乐。古有《虞人之箴》,分明是时时应引以为戒的。

解说

这是一首描写孟冬狩猎场景的诗,《左传·隐公五年》:"故春蒐、夏苗、秋狝、冬狩,皆于农隙以讲事也。"可知四季皆有狩猎之时而名称不同,但冬天打猎通常规模更大,对农业生产的意义也更大。

前两句点明时令。"凝霜"的"冬十月"可见气候的寒冷。《楚辞·九章·悲回风》云"吸湛露之浮源兮,漱凝霜之雰雰","竹林七贤"之一阮籍所作《咏怀》诗有"凝霜被野草,岁暮亦云已"的句子,西晋张华描写狩猎的《游猎篇》以"岁暮凝霜结,坚冰冱幽泉"开头,谢朓此诗当是受他们的影响。"杀盛凉飙衰"说的是秋去冬来的时序更替,当受鲍照《从拜陵登京岘诗》开头"孟冬十月交,杀盛阴欲终"的影响。

接着四句描写狩猎的场景。"原泽"是指围猎的地域,"旷千里"极言范围的广大,而在这样广大的地域上,"腾骑纷往来",可见参与狩猎的战士之多、规模之宏大。古时的狩猎,是用烧荒的方法。秋收之后,田里只剩秸秆,而抛荒(暂时不耕种,以恢复土壤的肥力)的田里满是枯草,顺风点火,火势蔓延开来,草地和树丛里的动物受惊而逃,猎者就可以预先在下风口野兽经过的地方等待,迎野兽而捕猎。"平罝望烟合,烈火从风回"两句所描述的就是这样的场景:顺风烧荒,烈火随着风势肆虐,人们看到烧荒的烟升起,就准备好将预先张开的捕兽网迎着野兽奔来的方向合起,让野兽无处可逃,再射猎之。

接着两句从狩猎过渡到狩猎后的饮宴。诗人并没有直接描写猎获的数量和饮宴的场面,而是用"殪兽"与"张乐"这一武一文的对比,加之"浦"与"台"这一低一高的对比,传达出偃武修文的寓意。最后诗人用了《虞人之箴》的典故,表达警诫之意。这个典故在于告诫帝王要顺应自然,爱护百姓。这样写,有着非常深的历史渊源,《诗经·召南》中有《驺虞》一诗,是对猎人的赞歌,被用为射节(射礼的节奏用乐),从狩猎到仪式性的射礼,就已经有了从武功转向文治的意味,而《虞人之箴》以及后羿贪猎亡身的历史教训,也在周代贵族那里得到强调。这种社会政治内涵,是包括本诗在内的后世此类题材作品所继承的传统。

玄英

节气介绍

立冬

　　立冬标志着冬季的开始,《月令七十二候集解》中说:"立,建始也。"又说:"冬,终也,万物收藏也。"古人将以立冬为始的十五天分为三候:"初候水始冰,二候地始冻,三候雉入大水为蜃。"这个时候,水已经能结成冰,土地也开始冻结。雉即野鸡,蜃为大蛤。立冬后,野鸡一类的大鸟便不多见了,而在海边却可以看到外壳与野鸡的线条及颜色相似的大蛤,所以古人认为雉到立冬后便变成了大蛤。

　　立冬本身就是个重要的节日。古时皇帝会在这一天亲率文武百官设坛祭祀,进行出郊迎冬的仪式,并赐群臣冬衣、矜恤孤寡。立冬有所谓"补冬"的食俗,有"立冬补冬,补嘴空"这样的谚语。在南方,立冬时节人们爱吃些鸡鸭鱼肉,以增强体质,抵御寒冷。

　　北方有"立冬不端饺子碗,冻掉耳朵没人管"的说法。为什么立冬要吃饺子呢?因为有饺子来源于"交子之时"的说法。大年三十是旧年和新年之交,立冬是秋冬季节之交,故"交"子之时的饺子不能不吃;而且两边翘、中间圆鼓鼓的饺子,看起来就像是人的耳朵一样。

杨柳枝[1]（其四）

明·王世贞

王世贞（1526—1590）

字元美，号凤洲，又号弇州山人，江苏太仓（今江苏省太仓市）人。明代大臣、文学家、史学家。

曾随骆居敬学习，又师从王材、季德甫等人。嘉靖二十六年（1547）中进士，后因与张居正交恶，被罢归故里。

王世贞名列"后七子"，李攀龙去世后独领文坛二十年，在史学、戏曲、书法等方面亦有成就。著述繁多，有《艺苑卮言》《嘉靖以来首辅传》等传世。

十月寒轻叶未凋，淡黄疏绿短长条。
无情有态堪怜处，日脚[2]云头雨半腰。

译文　十月里寒意尚轻，叶子尚未凋零，长长短短的枝条上点缀着淡淡的黄色与稀疏的绿色。虽是无情之物，却有可怜爱的情态，在阳光中如云般飘逸，枝条摇动如潇潇雨下。

解说　《杨柳枝》是王世贞写的拟乐府作品，可能作于在广西任职期间，这是其中第四首。

1　杨柳枝：乐府《近代曲》名，又称"柳枝"。
2　日脚：太阳穿过云隙射下来的光线。

清·钱维城
景敷四气·冬景图册·其九

第一句点明节候。十月已经入冬，但作为小阳春，天气并不很冷，故言"寒轻"。南方温暖，十月里柳叶尚未凋落，仍是"淡黄疏绿短长条"。七个字将杨柳的形态描摹得淋漓尽致，刚长出的叶子是淡黄色的，渐渐由黄转绿，颜色越来越深，点缀在或长或短、随风飘摆的柳条上。

后两句用拟人的手法，写杨柳的神态。先言明柳树是无情之物，却偏偏"有态堪怜"，这样一抑一扬，反而比直接言其堪怜更有表现力。堪怜之处为何？"日脚云头雨半腰"，别出心裁地用三种天气形容杨柳一身装扮，"云头"言其树梢枝叶披拂如绿云一般，"日脚"言其在阳光下顾影自怜，"雨半腰"则言柳条飘摆如潇潇雨下，"多云""晴天"和"雨天"都融于杨柳妖娆的体态之中。

此诗构思精巧，用语新奇，是一首别具匠心的咏柳诗。

十月奉教[1]作

唐·李峤

白藏[2]初送节[3]，玄律[4]始迎冬。

林枯黄叶尽，水耗绿池空。

霜待临庭月，寒随入牖风。

别有欢娱地，歌舞应丝桐[5]。

李峤（645—714）

字巨山，赵郡赞皇（今河北省赞皇县）人。初唐宰相、文学家。

弱冠登进士，近二十年仕至给事中。长寿元年（692）为狄仁杰等人鸣冤而外放为润州司马，次年召回，数年间两度拜相。开元二年（714）病逝于庐州，终年七十岁。

李峤文名很盛，与苏味道并称"苏李"，又与苏味道、杜审言、崔融合称"文章四友"。诗以五律见长，形式上注重上下联之"粘"，对近体诗形式的成熟起到了重要作用。《全唐诗》编其诗五卷，《全唐文》编其文八卷。

译文 秋天刚刚过去，冬天已经来临。树林中黄叶落尽，只剩光秃秃的枝条，原本漂满绿萍的池塘也干涸了。庭前的明月照在

1. 奉教：遵太子或王的命令。
2. 白藏：指秋天。秋于五色为白，序属归藏，故称。《尸子·仁意》："春为青阳，夏为朱明，秋为白藏，冬为玄英。"
3. 送节：送走旧节候。指季节更替。
4. 玄律：谓冬季。"玄"是黑色，冬季于五行属水，五色属黑。
5. 丝桐：指琴。古人削桐为琴，练丝为弦，故称。又可指称琴曲。

五代·顾闳中
韩熙载夜宴图（局部）

霜露之上，风吹进窗子，闻着风声便让人感觉寒冷了。在这样的季节里，别有充满欢娱的地方，人们和着琴曲唱歌跳舞。

解说

这是应王命在宴饮场合而作的诗。既不同于寻常抒怀，也不同于友人酬酢，措辞须典雅，立意须祥和。

首联点明节令。分别用"白藏"与"玄律"代表秋季与冬季，即务求措辞的典雅。"送节"与"迎冬"，一送一迎，写出了时序更替的动感，"初"与"始"则强调了冬天刚刚到来。

颔联着眼于树林和池塘，写冬季的典型景象。草木枯萎，经过一个秋天，黄叶已经落尽，只剩光秃秃的枝条。到了枯水期，原本漂满绿萍的池塘也已经干涸，"黄叶"和"绿池"都是回顾曾经的景象，而如今已尽已空，林之枯、水之耗都是一个过程，如此描写突出了时间流逝的沧桑感。

颈联写夜景。依然用动态突出了冬季的特点。月亮似乎在有意窥探庭院，而庭院中等待着她的是地上的繁霜，"霜待临庭月"将月光下白露为霜的景象写得像一次幽会。风像是有意钻进门窗，而寒冷与之结伴而行，"寒随入牖风"将冬夜的寒风写活了，而且非常贴切地表现了人在冬夜闻风声而觉体寒的感受。

最后两句转为对当前欢宴的称颂。虽然冬季景物萧条，王府中却热闹非凡；虽然冬夜很冷，盛宴上却毫无寒意，洋溢着欢乐。经过前面景物描写的铺垫，这"歌舞应丝桐"的"欢娱地"才显得如此难得。

己未岁十月七日登唐台山¹偶成

宋·赵抃

赵抃（1008—1084）

字阅道，号知非子，衢州西安（今浙江省衢州市）人。北宋大臣、诗人。

仁宗景祐元年（1034）进士及第。熙宁三年（1070）因反对青苗法去位。赵抃是变法者中的稳健派，所在多有政声。元丰二年（1079）二月以太子少保致仕，退隐乡里。元丰七年（1084）卒，年七十七。谥清献。

有《清献集》十卷传世。

直到巢峰²最上头，旋磨³崖石看诗留。
重来转觉寒松⁴老，三十六年前旧游⁵。

译文　一直攀登到巢峰的最高处，环绕山崖看当年刻的诗句。三十六年前我曾来这里游览，此次重来觉得苍松老了许多。

1　唐台山：山名，在今浙江省衢州市。
2　巢峰：唐台山最高峰。
3　旋磨：盘旋，围绕某物。
4　寒松：寒冬不凋的松树。
5　旧游：昔日游览的地方。

清·樊圻
山水册页·其四

解说　　衢州是赵抃的故乡，唐台山是衢州的名胜，赵抃年轻时曾游览，对此地非常熟悉。此诗作于"己未岁"，即元丰二年（1079），这一年已经七十二岁的赵抃以太子少保的荣衔致仕，结束了几十年宦游生涯，回到故乡，在初冬时节的十月七日重游唐台山，作诗记之。

诗人并没有在登山过程上花费笔墨，诗的一开始就说自己"直到巢峰最上头"，不仅说明了诗人虽老而仍健硕，更表现了诗人重游故乡名胜的兴奋。上到最高峰之后，诗人并没有停下休息，而是迫不及待地绕着山顶的崖石看上面留存的诗句，"旋磨崖石看诗留"的"诗"应该就是诗人年轻时登山所留。通过这一行为,非常巧妙地表现了诗人对家乡山水的亲切。

第三句才点明自己是"重来",与通常着意刻画"故地重游,物是人非"的写法不同,诗人反其道而行之,说"转觉寒松老",不言人老而言松老。当然,松树显得更加郁郁苍苍,是时间流逝的表征,也意味着人老了,但这里诗人所要表现的是自己游兴不减当年,有着与年轻时一样的豪情,初心未改,故相形之下,改变的不是人而是松树了。而一句"三十六年前旧游",一下子让读者感受到两次出游时间间隔之长,当年离家宦游之人终于回到故地,放下的行囊里装着几多往事、多少悲欢离合?都在不言中。

此诗明白晓畅、清新爽朗,无丝毫衰老之态,亦无感伤之语,格调迥出大多数同题材作品之上。

观胡人吹笛

唐·李白

胡人吹玉笛,一半是秦声[2]。
十月吴山[3]晓,梅花落敬亭[4]。
愁闻出塞曲,泪满逐臣[5]缨。
却望长安道,空怀恋主情。

李白(701—762)

字太白,号青莲居士,自称祖籍陇西成纪(今甘肃省静宁县西南)。与杜甫并称为"李杜",代表了唐代诗歌的最高成就。

李白年少即有诗名,且好剑术,喜任侠。后在玉真公主和贺知章推荐下,供奉翰林。因遭近臣谗害,被玄宗疏远,赐金放还。

李白的诗歌创作风格雄奇奔放、俊逸清新,极富想象力,对后世产生了深远的影响,有《李太白集》传世。

译文　胡人吹奏的玉笛声中,半是秦地的乐曲。十月里江南破晓时分,梅花落在敬亭山上。带着愁绪听那《出塞曲》,泪水打湿了帽缨。我眺望着去往长安的大道,徒自怀着依恋君主的情怀。

1. 观:一作"听"。
2. 秦声:秦地的音乐。
3. 吴山:吴地的山。常泛指江南的山。
4. 敬亭:山名,位于安徽省宣城市,李白曾游览并作诗。
5. 逐臣:被朝廷放逐的官吏。

明·蓝瑛
澄观图册·其五

解说

此诗当作于天宝十二载（753）的孟冬，李白在这年秋天到宣城游玩，多与友人相唱和。自从天宝三载（744）遭谗毁而黯然离开长安，已近十年，李白并没有放弃自己的政治抱负，仍希望有机会重回政治舞台的中心，所以在宣城饮宴中听到胡人吹笛，一下子就起了对长安的怀念之情，写诗抒怀。

首联点题，且说明写作此诗的缘由，即胡人所吹奏的曲子，带有秦地的曲调，勾起了诗人的思绪。胡人可能来自西域，吹笛而带秦声，并不奇怪，但诗人用"一半"来描述，或许有夸张的成分，更是显示出诗人一直不能忘怀曾在长安的日子。

颔联虚实结合，既是点明时间、地点，又是对乐曲意境的形象描述。时在十月孟冬，地用"吴山""敬亭"代表。如果真的以为诗人听胡人吹笛是在破晓时分的敬亭山上，就过于拘泥字面了。诗人是随手撷取自己熟悉的当地景物来描摹笛曲之意境，那美妙的曲子让人仿佛看到破晓时分敬亭山上梅花的飘落，"梅花落敬亭"就从曲名《梅花落》衍生出来。

颈联写诗人听笛曲的感受。"愁闻出塞曲"说明这曲子勾起诗人报国无门的苦痛，所以"泪满逐臣缨"。以"逐臣"自称，不知诗人是否想到了屈原、贾谊等历史人物，这种心境是非常具有代表性的，而此句也有汉乐府诗"伫立望西河，泣下沾罗缨"的影子。

尾联直抒胸臆，以"却望长安道"的姿态，倾吐"恋主"之情，虽言"空怀"，其实殷切。

此诗借事抒怀，用语清空爽明，情、景、曲交融，大大方方剖露心迹，倾吐肺腑之言，绝无丝毫忸怩之态，颔联尤其令人激赏。

雷

唐·杜甫

巫峡[1]中宵动，沧江[2]十月雷。
龙蛇不成蛰，天地划争回[3]。
却碾空山过，深蟠绝壁来。
何须妒云雨，霹雳楚王台[4]。

杜甫（712—770）

字子美，自称少陵野老，河南府巩县（今河南省巩义市）人。中国历史上最伟大的诗人之一。

安史之乱爆发后，杜甫目睹战乱中的种种惨状，感慨系之，都用诗的语言记录下来，后世称他的作品为"诗史"。

杜甫有"诗圣"之称，流传于世的诗基本收录在北宋王洙编的《杜工部集》中，除诗作外，还有文、赋近三十篇。

译文　半夜里巫峡震动，原来是江上十月的雷声。龙蛇无法蛰伏，电光划过天地之间，雷声回荡，滚滚碾过空山，环绕绝壁自山深处传来。何必嫉妒巫山云雨之风流，霹雳打在楚王台上。

1　巫峡：长江三峡之一。
2　沧江：江流，江水。因江水呈苍色，故称。
3　争回：竞相回旋。
4　楚王台：台名，即阳台。在四川省巫山县，相传为楚襄王梦遇神女处。

笔意仿李营邱
戊寅春三月
烟游老迪

清·杜湘
山水册页·其七

解说

　　此诗当作于大历二年（767）冬天，卢元昌说："《诗》'十月辛卯'记及震电，刺皇甫之乱也。当时元载亦即皇甫，末联意盖有指。"认为此诗与《诗经·小雅·十月之交》一样是政治讽刺诗，讽刺的是元载专权。元载是唐代宗时期的宰相，独揽朝政，排除异己，专权跋扈，营私舞弊。

　　首联点出时间和地点。上句言"巫峡"，下句言"沧江"，可知诗人身在长江三峡段的江边。时令是孟冬十月，具体时间则是"中宵"即半夜。打雷本来是正常的自然现象，但冬季打雷并不寻常，秋分三候的第一候就是"雷始收声"，初冬时节，打雷可以说是极其少见，而在古代"天人感应"思维方式下，凡不寻常的自然现象就会与政治联系起来。律诗的首联多不对仗，此诗首联则基本对仗，以"沧江"对"巫峡"，以大时间"十月"对小时间"中宵"，而"动"字突出了雷声之大，震动了整个巫峡。

　　颔联继续描写雷声之大。"龙蛇不成蛰"是说蛰伏的生灵都被吵醒了。用"龙蛇"一词，让人既想到冬季蛰伏的动物，又想到隐伏在高山深峡之中的神秘生灵。山高峡深的自然环境下，夜半更深之时，诗人看见耀眼的闪电，听见轰隆的雷声，自然会产生如此的想象。"天地划争回"则写出了雷声在天地之间激荡的动态，雷声位置不断变化且激起一连串的回声，瞻之在前，忽焉在后，滚滚而来，"划争回"一语很好地表现了这种特点。

　　颈联接着"天地划争回"而言，继续形容雷之动态。传说中雷神是乘车而行的，《庄子·达生》就提到一种叫"委蛇"的怪物，"恶闻雷车之声，则捧其首而立"。"却碾空山过"的"碾"和"过"这两个动词写出了雷车滚滚而来的感觉。而电光划破长空，变幻莫测，雷声随之而起，像是攀缘绝壁而来。"深蟠绝壁来"的一个"蟠"字对雷电"争回"之状做了生动的描摹，且表现了巫峡山川起伏的地势特点。

尾联用巫山云雨的典故，发出"天问"。诗人抒发自己内心的疑惑，这不寻常的冬雷为什么要在楚王台附近发生？难道是妒恨楚王与巫山神女之间的风流韵事吗？这就把想象推到了极致，也似乎暗含着对现实政治的讽刺。司马贞《史记索隐》说："顷襄、考烈，祚衰南土。"顷襄王（传说中的襄王）是楚国国力衰弱的标志性一代，而大唐王朝在经历了安史之乱后也一蹶不振，统治者却还在争权夺利，这十月的雷声，是上天对他们的警示吗？心系社稷苍生的诗人也不知道答案，只能怀着深深的忧虑。

清平乐[1]·湿云[2]笼雾

清·朱彝尊

朱彝尊（1629—1709）

字锡鬯，号竹垞，别号金风亭长，晚号小长芦钓鱼师，秀水（今浙江省嘉兴市）人。清代词人、学者、藏书家。

康熙十八年（1679）举博学宏词科，以布衣授翰林院检讨，入史馆纂修《明史》，此后历任清要之职。

朱彝尊博通经史，工诗词古文，长于考据，开创"浙西词派"。有《曝书亭集》《日下旧闻》传世。

湿云笼雾，晓色[3]看成暮。空里雪花风约住，十月蓟门飞雨。

历头[4]简到残年[5]，客怀转觉凄然。满地已无黄叶，一林唯有苍烟[6]。

译文

天上是湿重的云团，地面雾气笼罩，分明是拂晓的天色，看起来却像傍晚。雪花被风拘在空中，蓟门的十月飘起了雨。

历书已经翻到年尾，身处异乡更觉凄凉。已经没有满地的黄叶了，林中只有苍茫的烟雾。

1　清平乐：词牌名，又名"清平乐令""醉东风""忆萝月"。
2　湿云：湿度大的云。
3　晓色：拂晓时的天色，晨曦。
4　历头：历书，皇历。
5　残年：岁暮，一年将尽的时候。
6　苍烟：苍茫的云雾。

明·蓝瑛
澄观图册·其十

解说

此词描写了孟冬十月的雨天，从词中地名来看，当作于朱彝尊在京任职期间，即康熙十八年（1679）到二十九年（1690）之间。

上阕写雨景。天空飘着"湿云"即灰黑的滞重的云朵，地面上则笼罩着薄薄的雾霭。词人先进行客观描写，之后一句"晓色看成暮"用主观感受进一步渲染了阴郁的氛围，明明是破晓时分，却让人感觉是入夜。"空里雪花风约住"一句是用该有未有之物——雪，表现天气的寒冷，这么冷的天应该是要下雪的，雪却被风拘束在空中，只能下起雨来，动词"约"字让自然现象有了拟人意味。最后以"十月蓟门飞雨"点出词的主题，"十月"是时间——初冬，"蓟门"是地点——燕地北京，"飞雨"是天气——风雨交加，北地入冬，一场凄风冷雨，自然景物与人的感受都凝缩在这六字之中。

下阕从词人自身写起。"历头简到残年"用日历的残余无几表现一年即将过去，"残年"二字提示了生活的不如意，给人落寞无奈的感觉；"客怀转觉凄然"一句则将这种感觉坐实。词人家在江南，宦游京师，在这飘雨的冬日客愁自然格外浓烈。接着笔锋一转，又回到景物上，"满地已无黄叶"是说秋天里落满大地的黄叶已经荡然无存，枝头没有树叶可落，树林里就只剩下雨雾烟霭了，故言"一林唯有苍烟"。这景象如此冷清萧条，象征了词人的心境。

此词借景抒情，融情于景，表现了词人在帝都为官，虽地位清贵，却不能习惯官场的氛围，时常感到烦闷忧愁。

四季诗书·玄英

孟冬之月

樊珣(生卒年不详)

唐代诗人。代宗广德元年(763)至大历五年(770)间曾入浙东节度幕,与鲍防、严维等人相唱和,结集为《大历年浙东联唱集》。

《全唐诗》存诗二首、联句一首。

忆长安·十月

唐·樊珣

忆长安,十月时,华清[1]士马相驰。

万国来朝汉阙[2],五陵[3]共猎秦祠[4]。

昼夜歌钟[5]不歇,山河四塞京师。

译文 回忆帝都长安,孟冬十月,御林军在华清宫奔驰往来。天下万国的使节都来朝拜大唐,达官贵人一起去秦祠一带狩猎。歌乐之声昼夜不停,这就是山河四塞包围中的京城!

1 华清:指华清宫,唐王朝的别宫,背山面渭,有温泉,位于今陕西省西安市临潼区。
2 汉阙:汉家宫阙,用以指朝廷。
3 五陵:长陵、安陵、阳陵、茂陵、平陵五县的合称。此诗"五陵"是以地代人,指长安的富贵人家子弟。
4 秦祠:指秦穆公(一说秦文公)为陈宝所立之祠,陈宝是传说中在秦国突然出现的两个童子,后来化为雉,一雄一雌,据说"得雄者王,得雌者霸"。
5 歌钟:歌乐声。

唐·阎立本
职贡图（局部）

解说　　此诗是回忆安史之乱前的长安，充满了黍离之悲。唐王朝在玄宗开元、天宝年间达到极盛，长安作为大唐的首都，是盛世繁华最集中的所在，然而这繁华却因安史之乱而跌落尘埃，令人唏嘘不已。当时许多经历了由盛转衰过程的人，目睹遭到战争破坏的长安，不禁会想起那昔日的昌盛光景，樊珣就是其中之一，他写了《忆长安》系列，分为十二个月，这是第十首，写的是孟冬十月的帝都景象。

诗人首先提到的是"华清"这个地方，骊山脚下，渭水之滨，因为有温泉，唐王朝在这里建了别宫，诗人用"士马相驰"来表现当日的热闹景象，大量的兵马往来奔驰，当然大部分都是皇亲国戚、达官贵人乃至皇帝本人的护卫，说明当时最高统治阶层往来此地多么频繁。

此时也是各国使臣来朝觐的时候，"万国来朝汉阙"。唐玄宗每年接受朝贺的日子有元旦、五月朔日、八月初五"千秋节"（生日）和冬至，而各地前来朝觐的人为了不错过日子，通常都会提早到京，所以孟冬十月已经是四方来使辐辏了。十月也是冬季狩猎之期，诗人用"五陵共猎秦祠"概括之，"五陵"与"秦祠"皆地名，前者以地代人，指参与狩猎的达官贵人，后者指狩猎之地，也用秦文公时陈仓人捕猎媦与二雉的典故，点出长安城的王霸之气。

最后两句总写京城的繁华与坚固险要。正因为十月"万国来朝""五陵共猎"，到处充满了喜庆热闹的氛围，所以那象征欢娱的"歌钟"奏乐之声随处可闻且昼夜不停，唐都长安就是公元八世纪的"不夜城"。这雄伟的都城不仅繁华，而且固若金汤，据险要之地，诗人用《史记·项羽本纪》中描述关中的"山河四塞"一语，强调了长安有山川险阻，且四面都有关塞屏障。"山河四塞京师"一句若是在开元、天宝大唐极盛之时说，当然是令人充满安全感与自豪感的赞颂之语，然而此诗是在安史之乱后回忆往昔，则令人生起无尽的悲伤与感慨，这样稳固的帝都不是也在动地而来的"渔阳鼙鼓"声中轻易沦陷了吗？"山河四塞"焉足依凭？依仗山川之险而不修德政，最终走向衰亡的例子，历史上太多太多了。这应该就是诗人创作这首六言诗的意旨所在吧！

四季诗书·玄英

孟冬之月

朱长文（生卒年不详）

唐代诗人。江南人，与皎然、裴澄、梁肃等友善。《全唐诗》存诗六首，断句两句。

宿新安江[1]深渡馆寄郑州王使君[2]

唐·朱长文

霜飞十月中，摇落[3]众山空。

孤馆[4]闭寒木[5]，大江生夜风。

赋诗情[6]有忆[7]，沈约[8]在关东[9]。

1　新安江：河流名，钱塘江水系干流上游段，发源于安徽徽州（今安徽省黄山市）休宁县境内。
2　使君：汉代称刺史为使君，后世为对州郡长官的尊称。
3　摇落：凋残，零落。《楚辞·九辩》："悲哉，秋之为气也！萧瑟兮草木摇落而变衰。"
4　孤馆：孤寂的客舍。
5　寒木：寒天的树木。
6　情：一作"忙"。
7　忆：一作"意"。
8　沈约：南朝文学家。
9　关东：指洛阳。

译文 　　十月里霜雾漫天，木叶凋零，众山皆空。我在寒木包围的孤寂客舍之中，夜里大江上寒风呼啸。耿耿不寐赋诗一首，是因为想起了"沈约"在郑州。

解说 　　此诗是旅途中怀友寄赠之作，如诗题所示，朱长文当时住在新安江边的馆驿之中，夜里有感于物候，想起远在郑州的友人，作诗抒怀。

　　首句点明节候，以霜飞言十月，把人一下子就带到了霜雾漫天的冬天。紧接着一句"摇落众山空"，概括了沿江两岸的冬景。"摇落"一词指草木凋零，"空"字突出了初冬时节的冷清萧条，以物境渲染旅途中的心境。

　　接着写诗人当时所处的环境。馆驿而言"孤"，说明附近并无人家，孤零零地在江边，而且还被这寒天里叶尽枝枯的树木包围起来。"闭寒木"的"闭"字将静物写出了动态，仿佛寒木有意识将馆驿遮掩起来一样，这样就在"孤"之外又增添了幽僻之感。"大江生夜风"则点出了时间是在夜里，且是诉诸听觉。诗人坐在孤馆之中，听到江风呼啸。冬夜听闻此声，即便风没有吹进门窗，也能让人感到阵阵寒意。

　　经过前四句的渲染，诗人充分表现了冬夜羁旅的冷寂孤单，而这样的夜晚诗人情有所忆想起了在关东的友人，不由得想赋诗一首。寒夜旅途中，想着友人，即便是忧愁悲苦也不那么浓烈了。诗人用"沈约"指称友人，点出了用诗倾诉的缘由，因为友人诗才极高，如沈约一般，所以一想起就有了赋诗唱和的兴趣。

　　此诗用词凝练，情真意切，是一首冬夜的悲歌，也是一首友情的赞歌。

清·郑旼
黄山八景图册·其三

建中四年十月感事

唐·严巨川

严巨川（生卒年不详）

唐代诗人。曾应进士第，德宗建中四年(783)，朱泚僭位，严作诗抒愤。德宗归京后，曾述及此事。

《全唐诗》存诗二首，其中一首为误入。《奉天录》尚存诗一首，《全唐诗续拾》据之收入。

烟尘忽起犯中原，自古临危道贵存。
手持礼器[1]空垂泪，心忆明君不敢言。
落日胡笳[2]吟上苑，通宵虏将醉西园[3]。
传烽[4]万里无师至，累代[5]何人受汉恩[6]？

---

1. 礼器：祭器。
2. 胡笳：古代北方民族的管乐器，传说由汉张骞从西域传入，汉魏鼓吹乐中常用。
3. 西园：园林名。这里指唐都长安的园林。
4. 传烽：点燃烽火，逐站相传，以报敌情。
5. 累代：历代，接连几代。
6. 汉恩：汉室的恩典。借指朝廷恩典。

清·萧云从 胜情遥寄图册·其三

译文　　战事忽起，中原受到侵犯，自古以来面临危难贵在屈己存道。手里捧着祭器徒自垂泪，心里想着明君却不敢说出口。夕阳西下，上林苑传来胡笳的乐声，胡虏的将领通宵都在西园里饮酒。烽火传出万里却没有勤王之师到来，世代身受朝廷恩典的都有谁呢？

<blockquote>解说</blockquote>

此诗载于唐赵元一撰《奉天录》卷二,当时长安陷落,朱泚在宣政殿即大位,自称大秦皇帝,年号应天,当时颁布的赦书为彭偃所作,册文则为樊系所作,樊系在文成后服药而卒。在这种局势下,严巨川写了这首诗。此书卷一还记载了一件事,说当时有一个叫李季兰的女子攀附朱泚,写诗贡谀,"言多悖逆",等朱泚兵败,长安收复后,德宗皇帝召季兰而责之曰:"汝何不学严巨川有诗云:'手持礼器空垂泪,心忆明君不敢言'?"于是处死了她。这样看来,严巨川曾被迫任伪职,因为写了这首诗而在乱后得到宽恕。

首联写战乱突起。时德宗建中四年(783),被召到长安城外的泾原军发生哗变,攻入城中,德宗逃到奉天(今陕西省乾县),原来被软禁在长安的太尉朱泚被拥立为帝。"烟尘忽起犯中原"说的就是本为藩镇之兵的泾原军忽然发动叛乱,"忽起"突出了战事的突如其来,令人猝不及防。"自古临危道贵存"一句则有为自己辩护的意思,暗用了"屈己存道"的典故,说孔子之所以汲汲于用世,甘愿委屈自己周游列国寻找机会,是为了保存治世之道。诗人这里则说屈己存道是自古以来国家面临危难之时士人的一种选择,没有以身殉国,而是屈仕伪朝,是为了在艰难的时期保存维护礼法。

颔联具体说诗人在临危存道之时的状态。"手持礼器空垂泪"说明他当时在伪朝中应是任职于礼部。尽管职位清要,诗人却丝毫不感到高兴,而是默默垂泪,为唐王朝的命运忧心忡忡。"心忆明君不敢言"的"明君"指的是德宗皇帝,说自己身在伪朝心在唐,忆念着皇帝却不敢说出来。这两句不仅写明了诗人迫不得已的艰难处境,而且表现了对德宗皇帝的思念与赞美,所以在乱后被德宗特别提及,成为他免于被追究的主要依据。

颈联写乱中长安的景况。诗人特意从黄昏写到夜里，不写白天，象征着京城陷于房手，黑暗如长夜。落日时分传来胡笳之声，这本应是边地的景况，而这乐声却是从"上苑"传出的。诗人运用反差的创作手法，表现了乐声与乐声传出的地点之间的巨大反差，突出了京城已不属于李唐王朝的凄凉。"通宵房将醉西园"说房将通宵在"西园"酒醉，这样的反差，让人对时局悚然而惊。

最后两句写诗人焦急的心情。"传烽"在这里指的是京城陷落的消息，屈指计程，这消息应该已经传到万里之外，却仍无勤王之师到来，诗人的内心无比沉痛，不禁问道"累代何人受汉恩"，天下难道没有家中好几代都受朝廷恩典的人吗？看似是问句，其实是盼望着有人能挺身而出，将京城尽快从叛军手中收复。

此诗情景交融，字字血泪，剖露心迹，忧深悲切，可以与王维安史之乱中所作《凝碧池》相颉颃。

巴女[1]词

唐·李白

巴水[2]急如箭,巴船去若飞。
十月三千里,郎行几岁归?

译文　　三峡的江水就像射出的箭那样湍急,小船随波逐浪,飞快地驶去。孟冬十月远赴三千里外,郎这一走哪年才能归来?

解说　　此诗是一首拟民歌作品,当作于开元十二年(724)或十三年(725),此时李白二十四五岁,在离乡远游的途中。

诗中以巴中女子的口吻,首先写江水之急与舟行之速,用离弦之"箭"形容前者,用"飞"形容后者,还没有好好再看一眼,船就消失在远方天水相接处。舟行之速当然是因为江水本急,亦可知是顺流而下,自西往东,这正是诗人离开巴蜀的方向,对"巴水""巴船"的描写实际上表现了诗人此番出蜀欲大展身手、实现抱负的急切心情。

1　巴女:巴地的女子。巴地即今四川省东部及重庆地区。
2　巴水:流经巴地的长江,即长江三峡一段。

工细山水画册八帧·其三 清·石涛

"十月三千里"一句，注家一般理解成"十个月走了三千里路"，这是经不起推敲的。十个月三千里，换算下来，一日只行十里而已，如果这是巴船的速度，未免也太慢了。此处的"十月"当指孟冬十月，而"三千里"是"郎"所去的地方。这女子想到自己的丈夫在这越来越寒冷的时节去往三千里外，不由得深感忧虑，此一去不知几年才能回来。诗人在蜀中当然也有挂念的和挂念他的人，借巴女之口表达了对故乡的眷念。

既热爱家乡，又希望离开家乡有所作为，这种矛盾的心理，亘古以来，不知多少人体验过。

冬夜对酒[1]寄皇甫十[2]

唐·白居易

霜杀中庭草,冰生后院池。
有风空动树,无叶可辞枝。
十月苦长夜,百年强半[3]时。
新开一瓶酒,那得不相思?

译文 草儿在严霜中枯萎,后院的池塘结了冰。北风摇动光秃秃的枝干,树上已经没有叶子可以飘落。十月的夜如此漫长,令人懊恼,而我已年过半百。新打开一瓶酒,怎能不思念老朋友你呢?

1 对酒:面对着酒。也就是饮酒的意思。
2 皇甫十:指皇甫曙,唐宁州安定(今甘肃省庆阳市镇原县)人,字朗之,宪宗元和十一年(816)进士,是白居易的酒友,还结为亲家。
3 强半:过半。

白居易(772—846)

字乐天,号香山居士,又号醉吟先生,其先太原(今山西省太原市)人,后迁居下邽(今陕西省渭南市下邽镇)。中唐成就最大的诗人之一。

白居易年少时即以读书刻苦著称,他与元稹共同倡导新乐府运动,世称"元白",又与刘禹锡并称"刘白"。诗歌作品题材广泛,语言平易通俗,有"诗魔"和"诗王"之称。有《白氏长庆集》传世。

<blockquote>解说</blockquote>

白居易与皇甫十交谊深厚，经常相互赠答唱和，留存下来的作品不少，这是其中一首。此诗当作于元和十五年（820）之后，当时白居易刚结束贬谪生涯，回京任职。

首联写冬天的寒冷。上句写"霜"，这严霜将庭中的草都"杀"尽了，足见其威力。下句写"冰"，"后院池"结冰，是天寒的标志。一个"杀"一个"生"，不仅对仗工整，而且凸显了时序更替节候变迁。

颔联写庭中的树木。"有风空动树"是眼前的景象，寒风吹来，树枝随风摆动，却没有落叶萧萧。"无叶可辞枝"补叙原因，是因为树上的叶子已经落尽，风再大也没有什么可以吹落。上句让人如闻其声，下句让人如见其形，用树木表现了冬季的冷落萧条。"空"字犹当着眼，仿佛风是有意要摇落树叶一般，而"辞枝"也运用了拟人的手法，将风吹树动这一原本平常的自然现象写得颇为生动。

颈联从节候写到年纪，错综使用了三个时间维度，一是一年之中的"十月"，二是一天之中的夜里，三是一生之中的中年。十月已入冬，昼短夜长，故言"十月苦长夜"，"苦"字中包含了丰富的意蕴，包含了寒冷、孤寂以及种种感怀、思绪，让人难以安处。"百年强半时"即百年将近一半，也就是四十几岁，正是人到中年。虽说"人生百年"，但实际"七十古来稀"，如此看来四十几岁已经渐渐步入衰老。这两句为读者刻画出一个鬓发斑白、在冬夜里苦熬的诗人形象。

尾联点题。酒可御寒，亦可浇愁，故而在漫长的冬夜里"新开一瓶酒"，"新开"说明前面已经饮尽了若干瓶，酒的消耗量大就衬托出气候的寒冷和内心的孤寂。所谓"对酒当歌，人生几何"，此时诗人想起了知己好友，若能相对而饮，畅叙衷肠，那该多好啊！"那得不相思"一句以发问抒发感慨，表达了

山水册十一开·其七 清·渐江

对友人的深深思念。

　　此诗主旨本甚简明，无外乎冬夜饮酒而思友人，但联系白居易的经历来看，似乎有象征隐喻在其中，那杀死庭中草的严霜象征着政治斗争的严酷，而后院池中结冰象征着政治境遇上的冷落。白居易初入仕途便直言敢谏，终因言遭祸，被贬为江州司马。经过这次打击，他对朝廷已经近乎失望，饮酒熬过长夜象征着他独善其身的想法。

江楼闻砧[1]（江州作）

唐·白居易

江人授衣[2]晚，十月始闻砧。
一夕高楼月，万里故园心。

译文 江南人制作寒衣比较晚，十月才听到捣衣声。一晚上都在高楼赏月，思念远在万里之外的故乡。

解说 此诗作于江州司马任上。元和十年（815），宰相武元衡遇刺身亡，白居易上表主张严缉凶手，被认为是越职言事。他因此得罪权贵而遭到诽谤，说他母亲看花坠井去世，白居易却写

1 砧：捣衣石。这里指砧声，即捣衣声。
2 授衣：制备寒衣。《诗经·豳风·七月》："七月流火，九月授衣。"《毛传》："九月霜始降，妇功成，可以授冬衣矣。"

"赏花"及"新井"诗,有害名教。于是以此为理由,将他贬为江州(今江西省九江市)司马。

诗题是"江楼闻砧",全诗即围绕砧声而言。砧声即捣衣声,古时衣服常由纨素一类织物制作,质地较为硬挺,清洗时须先置石上以杵反复舂捣,使之柔软,称为"捣衣"。捣衣本是家务日常,但文学作品中出现,一般指的是寒衣制成后的清洗步骤。过冬的衣服需要在秋天制作,故诗词言捣衣声多在深秋,此声通常与秋悲、思妇、客愁等联系在一起。

与通常秋天闻砧不同,诗人是十月闻砧,原因是南方温暖,降温较迟,即"江人授衣晚,十月始闻砧",这种标志性的声音象征着节序的变迁,提示诗人离家已久而年华也日渐老去,悲感自然由此而生。后两句"一夕高楼月,万里故园心",以空间对时间,表现了时空维度中的沧桑感。诗人站在高楼上仰观明月,思念在万里之外的故园家人,不知不觉一夜就这样过去了,表现了诗人思乡之情的浓烈,也表现了诗人在政治失意之时的落寞。

此诗平白如话,却寄慨深沉,是千古传诵的名篇佳作。

唐·张萱
捣练图（局部）

己亥年十月十七日大雪

宋·杨亿

六出[1]俄呈瑞，三农[2]始告休。

兔园陈旨酒，金屋御重裘[3]。

垄麦青犹短，皋兰紫尚稠。

严飙[4]一夕起，瑞霰满空浮。

林迥琼花[5]吐，峰孤玉笋抽。

疏鳞镂屋瓦，净练[6]曳溪流。

北户[7]寒威盛，南方沴气[8]收。

时和人富寿，卒岁好优游。

1　六出：花分瓣叫"出"，雪花六角，故为雪的别名。
2　三农：古谓居住在平地、山区、水泽三类地区的农民。
3　重裘：厚毛皮衣。
4　严飙：寒风。
5　琼花：一种珍贵的花。这里比喻雪花。
6　净练：洁净的白绢。
7　北户：传说中的古国名，在极南之地。
8　沴气：灾害带来的不祥之气。

杨亿（974—1020）

字大年，建州浦城（今福建省浦城县）人。北宋大臣、文学家。

年少即有神童之目，十一岁时在京城即兴赋诗，受到宋太宗的赞赏，授秘书省正字。曾支持宰相寇准抗辽，反对宋真宗大兴土木、求仙祀神。天禧四年（1020）去世，年四十七。仁宗时追谥文，人称"杨文公"。

杨亿学识渊博，尤长于典章制度，曾主修《册府元龟》。诗歌创作上是"西昆体"的代表之一。有《武夷新集》传世。

明·董其昌
关山雪霁图（局部）

译文　雪花飘飞，不一会儿就显出一派祥瑞，农户才得以休息。在园林里摆上美酒，披着厚毛皮衣坐在华美的屋中。田里青翠的麦子长得还很短，泽边紫色的兰草尚很稠密。一夕之间寒风吹起，霰雪漫天。远处的树林像开出了琼花，孤耸的山峰像抽出玉笋。屋顶上的瓦片像稀疏的鱼鳞，溪流像拖出的一条洁净的白绢。就算在南方边远之地，冬日严寒的威力也强了起来，一扫灾害带来的不祥之气。如今处在政治清明的时代，人们富裕而长寿，悠闲自得度过岁月。

解说　这是一首咏雪诗，措辞典雅，显出一派雍容气象。

首先点题并点明节候。"六出俄呈瑞"的"六出"是雪花的雅称，"呈瑞"指有了积雪，"俄"表示很快就有了积雪，说明雪下得很大，与诗题中的"大雪"呼应。诗人说这是祥瑞，这正与民间所说的"瑞雪兆丰年"相一致。"三农始告休"一句进一步提示冬季已经到来，一年的农务已经结束，此句也是在一开始就用农闲营造出总体上的闲适氛围。

接着写天气的寒冷。酒可御寒，故言"陈旨酒"；裘可保暖，故言"御重裘"；"兔园""金屋"则加重渲染富贵的气象。"垄麦青犹短，皋兰紫尚稠"两句则是说大雪下得早，田里青翠的麦子长得还很短，泽边紫色的兰草尚很稠密，本来并没有到下大雪的时候，但"严飙一夕起"，即冷空气忽然南下，马上就下起了大雪。"瑞霰满空浮"的"瑞霰"也是雪的雅称，侧重表现雪被风吹得四散开来，弥漫于整个空中，故言"满空浮"。这个"浮"字尤其精妙，写出了雪片在强劲的北风中飘卷，浮在空中不能落下的景象。

接着用四句写被雪覆盖装点后的景物。树上的积雪犹如开出的"琼花"，远山的峰峦则像抽出"玉笋"一般。诗人用一个"吐"字和一个"抽"字，将静物写出了变化的动态效果。"疏鳞镂屋瓦"把屋顶上的瓦片尚未被雪完全覆盖时的样子比作稀疏的闪闪发光的鱼鳞，可谓贴切。"净练曳溪流"则把结冰的溪水比作一条白练，"曳"字写出了溪流的曲折蜿蜒之状。

"北户寒威盛，南方沴气收"运用了夸张的表现手法，以极南之地寒威驱走不祥之气极言大雪影响范围之广。最后"时和人富寿，卒岁好优游"两句则犹如"嘏辞"，是歌颂语也是祝福语，虽然没有提到"雪"，却仍强调了大雪的祥瑞性质，象征了政治清明，人民富裕长寿，悠闲自得。

十月十八日

宋·梅尧臣

梅尧臣（1002—1060）

字圣俞，世称宛陵先生，宣州宣城（今安徽省宣城市宣州区）人。北宋诗人。

早年参加乡试未中，后在欧阳修等人推荐下，任屯田员外郎，迁尚书都官员外郎，后世称其为"梅直讲""梅都官"。

梅尧臣少有诗名，与苏舜钦齐名，称为"苏梅"，又与欧阳修并称"欧梅"。为诗主张写实，反对西昆体，被南宋刘克庄誉为宋诗的"开山祖师"。有《宛陵集》传世。

霜梧叶尽枝影疏，井上青丝[1]转辘轳[2]。
西厢[3]舞娥艳如玉，东楯[4]贵郎才且都[5]。
缠头[6]谁惜万钱锦，映耳自有明月珠[7]。
一为辘轳情不已，一为梧桐心不枯。
此心此情日相近，卷起飞泉注玉壶。

1　青丝：此处指牵引辘轳的绳子。
2　辘轳：利用轮轴原理制成的井上汲水的起重装置。
3　厢：指房间。
4　楯：栏杆。一作"厢"。
5　都：优美，优雅。《诗经·郑风·有女同车》："彼美孟姜，洵美且都。"
6　缠头：古代歌舞艺人表演完毕，客以罗锦为赠，称"缠头"。后来泛称赠妓之物。
7　明月珠：指夜光珠。

明·蓝瑛
秋色梧桐轴

译文 经霜的梧桐树叶落尽,投下稀疏的枝影,井上青丝绳缠绕的辘轳转个不停。西厢房的舞女像美玉一般艳丽,东边倚着栏杆的贵家公子既有才又英俊。用价值万钱的锦缎作为缠头,谁会吝惜呢?在美人耳畔辉映的自然还有相赠的夜光珠。他们俩一个情意像辘轳一般殷殷不绝,一个真心像梧桐一样不会枯萎。这真心,这情意,日渐靠近,就像井中汲水一般,飞卷起泉水注进玉壶之中。

解说 这是梅尧臣的无题爱情诗之一,体裁为七古,具有乐府民歌的比兴特色,以日记体的形式娓娓道来。

头两句是"比兴"。"霜梧叶尽枝影疏"点出节候,霜雾漫天,梧桐树叶已经落尽,只剩稀疏的枝条。"井上青丝转辘轳"是说水井上有打水的辘轳,被青色的丝绳牵引着转个不停。梧桐树、辘轳井,似乎都与男女情爱无关,只是普通的景物,但其实皆有其比喻、象征的意义,只是要到诗的后文才点出。

接着四句写男女主人公之间的故事。"西厢舞娥艳如玉"是女主人公,从这句描述可知她是美丽的舞女。"东楯贵郎才且都"是男主人公,"贵"是身份地位高,"才"是有才华,"都"则是相貌好,可以说是才貌双全的富贵人家公子。"西厢"和"东楯"则暗示了两人的幽会之所。"缠头谁惜万钱锦"是说男主人公为他喜欢的女主人公,出手豪奢,一掷千金。"映耳自有明月珠"则表明女方接受了男方的馈赠,也就意味着接受了男方的心意。张衡《四愁诗》中就有"美人赠我貂襜褕,何以报之明月珠"的诗句,而张籍《节妇吟》中言"还君明珠双泪垂,恨不相逢未嫁时",以归还明珠表示决绝,那接受明珠当然有定情的意味。

　　最后四句再用"辘轳"和"梧桐",描写两人的情投意合,与诗开头两句相呼应。原来"辘轳"这一物象是取其"不已",即在青丝绳的牵引下转动不停,象征着男女之情不会消歇;"梧桐"这一物象则取其"不枯",尽管经秋入冬,树叶落尽,但内在仍是生机勃勃,象征着两人的矢志不渝、永不变心。"贵郎"与"舞娥"心心相印,情感日益密切,即"此心此情日相近",取前两句的一"情"一"心",语意上下相粘连,这也是民歌常用的写法。诗人最后又用了一个譬喻,即"卷起飞泉注玉壶",这是在"井上青丝转辘轳""辘轳情不已"的基础上更进一步,用井中泉水注入玉壶之中,象征两人终将喜结连理、成为一体。

十月菊上蜂

宋·梅尧臣

黄蜂得晴日,不道[1]菊开稀。
向蕊晚寒起,落丛无力飞。
轻轻难自举,怗怗[2]一何微。
莫问巢房处,斜阳奈[3]欲归。

译文　晴日里,黄蜂不管菊花开得稀疏就向花蕊飞去。结果傍晚寒气袭来,黄蜂落在花丛中无力飞起。蜂儿轻盈,难以托起自己,安安静静多么微弱。不要问蜂巢的所在,夕阳西下还不愿回归。

1　不道:不管,不顾。
2　怗怗:安静貌,驯服貌。
3　奈:哪。

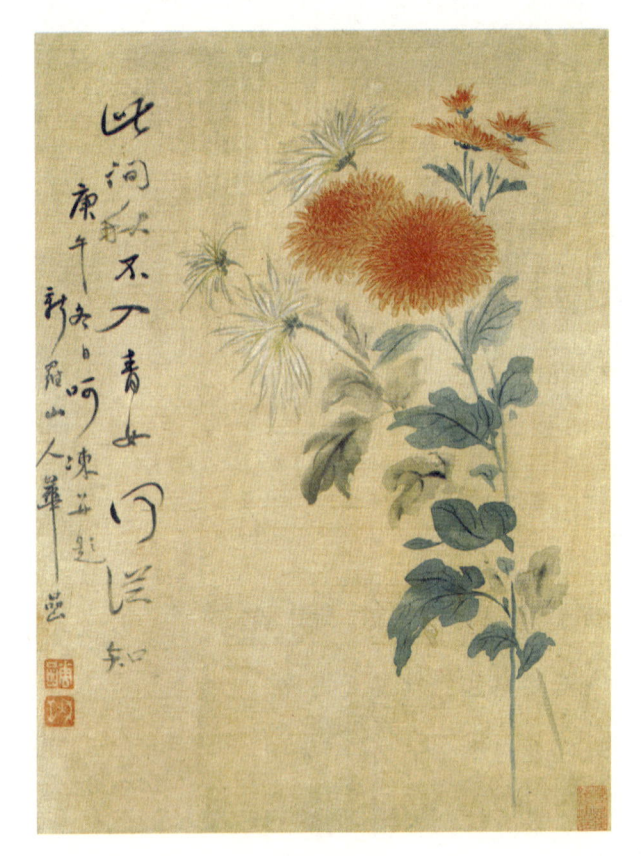

清·恽寿平
花鸟草虫图·其二

解说

　　这是一首很别致的咏物诗，所咏的是菊花上的蜜蜂，以此为对象的诗作非常少见，全篇运用了拟人的表现手法。

　　诗从黄蜂飞向菊花写起，说它因为天气晴好，也不管菊花已经很稀疏，冒冒失失地就冲花蕊飞去，不料"晚寒起"即傍晚的寒气袭来，蜂儿落在花丛中无力飞起。前四句的描述，表现了蜜蜂对花朵的一片热忱。

"轻轻难自举,怙怙一何微"形容蜜蜂的弱小,那薄薄的翅膀好像难以飞起来,小小的身体安静地伏在花蕊上。天色已晚,寒风吹起,这小小的蜂儿却并不感到惊慌,仍留恋在花丛之中,不愿在"斜阳"下回归"巢房",这就写出了蜜蜂的勇气,这勇气是因痴情而有的。

此诗将蜜蜂描写得既惹人怜爱又令人起敬,象征着因爱献身的精神。值得注意的是,尽管诗中几乎没有正面描写菊花,但通过蜜蜂痴迷的表现,实际上暗示了菊花尽管已经稀疏,仍风姿绰约,展现了其冒寒傲霜、不屈不挠的品格。

小雪

玄英

节气介绍

小雪,表示降雪起始的时间和程度。《月令七十二候集解》说:"十月中,雨下而为寒气所薄,故凝而为雪。小者未盛之辞。"天气逐渐变冷,开始下雪,一般雪量较小。《群芳谱》中说:"小雪气寒而将雪矣,地寒未甚而雪未大也。"意思是说,由于天气寒冷,降水形式由雨变为雪,但此时"地寒未甚"故雪量还不大,称为小雪。此时在我国广大地区,西北风开始成为常客,气温逐渐降到0℃以下。古人将以小雪为始的十五天分为三候:"初候虹藏不见,二候天气上升地气下降,三候闭塞而成冬。"彩虹不会出现了,天地之气隔绝不通。

小雪前后,我国大部分地区农业生产开始进入冬季管理和农田水利基本建设时期。农谚道:"小雪雪满天,来年必丰年。"这里有三层意思:一是小雪落雪,来年雨水均匀,没有大的旱涝灾害;二是下雪能冻死一些病菌和害虫,减少来年病虫害的发生;三是积雪有保暖的作用,有利于土壤的有机物分解,增强土壤肥力。因此,"瑞雪兆丰年"这句话是有一定科学道理的。

孟冬之月

十月二十日作
（是日甚寒，始有冰）

宋·王禹偁

重衾又重茵，盖覆衰懒[1]身。
中夜忽涕泗[2]，无复及吾亲。
须臾残漏歇，吏报国忌辰。
凌旦[3]骑马出，溪冰薄潾潾[4]。
路傍饥冻者，颜色[5]颇悲辛。
饱暖我不觉，羞见黄州民。
昔贤终禄养，往往归隐沦。
谁教为妻子，头白走风尘？
修身与行道，多愧古时人。

1 衰懒：衰老懒散。
2 涕泗：涕泪俱下，哭泣。
3 凌旦：拂晓，清早。
4 潾潾：闪烁貌。
5 颜色：表情，神色。

王禹偁（954—1001）

字元之，济州钜野（今山东省巨野县）人。北宋文学家。

太宗太平兴国八年（983）中进士，任成武县主簿，后迁知长洲县。咸平元年（998）参与修撰《太祖实录》，因为直笔犯讳而降知黄州，后迁蕲州，卒于任上。

王禹偁诗文兼擅，属于"白体"的代表人物，为后来的欧阳修、梅尧臣等人的诗文革新运动开辟了道路。

清·王翚
良常山馆图

译文 两层被子，两层褥子，盖在衰老懒散的我身上。半夜里忽然痛哭，是因为想起自己再也不能侍奉父母。不一会儿残夜将尽，手下的小吏提醒今天是国忌日。清晨骑马出行，小溪上薄薄的冰层闪闪发光。路边有饥寒交迫的人，神情相当痛苦。吃饱穿暖的我感觉不到他们的苦难，羞见这些黄州的民众。古昔的贤人为了奉养父母而做官，父母去世后往往就辞官归隐了。谁教人为了养老婆孩子，头发斑白了还奔走于宦海呢？我在修身行道上，愧对古人太多太多了。

解说 此诗当作于王禹偁晚年知黄州时。王禹偁为官清正自守，关心民瘼，严于律己，十月二十日这一天，天气特别冷，水面上结了冰，诗人从自己畏寒出发联想到民间疾苦与个人命运，故以诗抒怀。

前两句写自己畏寒。"重衾"是两层被子，"重茵"是两重褥子，诗人说自己需要如此的保护夜里才能安枕。诗人自言"衰懒身"，"衰"是自嗟之语，言自己已经衰老；"懒"是自责之语，犹今人言"太娇气了"。然后笔锋一转，"中夜忽涕泗"，明明有重衾重茵保暖，可以安眠，半夜却忽然哭了起来，原来是想到"无复及吾亲"，父母已经去世，自己没有机会侍奉他们，悲伤情绪突然涌上心头。为什么从冬夜取暖想起侍奉父母呢？因为古人孝养之道讲究"冬温夏凊"，《礼记·曲礼上》："凡为人子之礼，冬温而夏凊，昏定而晨省。"后世用"冬温夏凊"指代侍奉父母。诗人在自己觉得寒冷而想办法取暖的时候想起了"冬温"之礼，想起自己再也没有机会侍奉父母，如《孔子家语》所言"树欲静而风不止，子欲养而亲不待"，不由得悲从中来，泪流满面。

接着写次日早晨，"须臾残漏歇"的"须臾"极言时间之短，这是主观时间而非客观时间，因为想起亡故的父母，种种往事涌上心头，悲伤之中不知不觉一夜已经过去了。"吏报国忌辰"点明了时日，也就是点了题，因为宋朝国忌就是赵匡胤去世的十月二十日。诗人既然一夜未睡，索性"凌旦骑马出"，拂晓时分就外出视察民情，"溪冰薄潾潾"是用自然景物宕开一笔，因为诗贵曲折有致，也进一步提示了天气的寒冷。在这样的天气下，路旁有饥冻者，观其神色，颇为悲辛。诗人看在眼里，作为地方官的他感到羞惭。"饱暖我不觉，羞见黄州民"，是从自身饱暖出发，思及黄州的百姓。

既然自己做官并不能让百姓免于饥寒，又何必恋栈不去？"昔贤"之所以为官，是因为"禄养"，即用俸禄孝养双亲，父母去世则"往往归隐沦"，即辞官隐居，哪能为了妻子儿女，头发斑白还在官场上奔走呢？"谁教为妻子，头白走风尘"两句是自况，也是自责，最后直陈无隐，说自己"修身与行道，多愧古时人"，"修身"是生活中的自我修养，"行道"是践行自己所学之道，诗人说自己事亲与治民两方面都做得不好，故而愧对古人。

这可以说是一首"自省诗"，信笔写来，情真意切，自然流畅，表达了作为地方官的责任感，也表现出对现实政治深深的失望。

登如方山[1]

(戊辰十月历阳[2]赋)

宋·贺铸

贺铸(1052—1125)

字方回,又名贺三愁,人称贺梅子,自号庆湖遗老,祖籍山阴(今浙江省绍兴市),卫州(今河南省卫辉市)人,是宋太祖贺皇后族孙。北宋词人。

十七岁赴汴京。曾任右班殿直,监军器库门。徽宗大观三年(1109)以承议郎致仕,卜居苏南。又以荐复起,管勾杭州洞霄宫。宣和元年(1119)再致仕。

贺铸能诗文,尤长于词,风格兼有豪放、婉约二派之长。有《庆湖遗老集》《东山词》传世。

楚郊[3]十月尚闻蝉,傍道黄华[4]亦可怜。

特上西山最高处,长安应在夕阳边。

译文 楚地十月还能听到蝉鸣,路边开着可爱的菊花。特意攀上西边山峰的最高处,长安应在那夕阳之侧吧。

1 如方山:山名,在今安徽省马鞍山市和县西北,又名六合山。
2 历阳:邑名,即今安徽省马鞍山市和县。
3 楚郊:指楚地。
4 黄华:即黄花,指菊花。

解说

　　此诗当作于诗人通判太平州期间。诗人在十月的一天登山游玩，有感于江南风物，并思念在京城的家，以诗抒怀。

　　首句即点出南方特殊的气候，十月还能听到蝉鸣，这是诗人在登山过程中注意到的，作为自幼生活在黄淮地区的人，自然感到很新奇。"傍道黄华亦可怜"则是路上所见之景，菊花到初冬仍盛开，物候与北方不同。"傍道"之"傍"是靠近之意，菊花似乎为了迎接诗人而有意靠近道路，加上"可怜"一语，是拟人的手法。

　　节候的不同提示了诗人身在异乡，远离家人，故而生起乡愁。诗人没有直接说出来，而是说自己特意登上"西山最高处"，是为了眺望京城。"长安应在夕阳边"，以"长安"代指京城开封，是用"日近长安远"的典故。此典故出自刘义庆《世说新语·夙惠》，是说晋元帝曾因思念长安而流泪，当时年纪幼小的太子问他为什么哭。元帝就问太子："你觉得长安和太阳哪个远？"太子回答："太阳远，没有听说有人从太阳那里来，根据这一点可以知道。"第二天元帝召集群臣举行宴会，又重新问他，他却回答说"太阳近"，元帝问他为什么说的和前一天不一样，太子回答："抬头只看得见太阳，看不见长安。"后世用"日近长安远"比喻向往帝都而不得至。贺铸是宋太祖贺皇后族孙，所娶亦宗室之女，都城就是他的故乡，故用此典表示思乡之情。

　　此诗颇能代表贺铸清丽哀婉的诗歌创作风格。

清·华嵒
山水十二开·其十二

西江月[1]·十月谁云春小

宋·范成大

范成大（1126—1193）

字致能，号石湖居士，苏州吴县（今江苏省苏州市）人。南宋文学家。

高宗绍兴二十四年（1154）进士。淳熙五年（1178）拜参知政事，仅两月，被劾罢，后因病退居故里石湖。

范成大诗文皆擅，有《石湖居士诗集》《揽辔录》《吴船录》《吴郡志》《桂海虞衡志》等传世。

十月谁云春小，一年两见风娇[2]。云英此夕度蓝桥[3]。人意花枝都好。

百媚朝天淡粉，六铢[4]步月生绡。人间霜叶满庭皋[5]，别有东风不老。

译文　谁说十月是小阳春，一年之间竟两次见到娇柔的风。裴航就是在今晚遇见云英，人的意愿与花枝一样美好。

1　西江月：词牌名，又名"步虚词""壶天晓"等。
2　风娇：风姿娇柔。
3　蓝桥：此句用蓝桥相会故事，见于唐代裴铏所作的传奇小说。
4　六铢：指六铢衣，传说中天人之衣。
5　庭皋：水边的平地。

薄施淡粉，素面朝天，却千娇百媚，穿着生绡制的轻薄衣裙，在月下漫步。人间已是红叶落满水边的初冬时节，却别有一种春风不曾老去之感。

解说　　这是一首以爱情为主题的词，描写了一场令人心醉神怡的艳遇。

　　上阕运用了象征、暗示的手法。"十月谁云春小"以问句发端，是谁说十月是小阳春的，说得真对啊！"一年两见风娇"即一年两次见到娇柔的春风，佐证了十月为小阳春的说法。单看这两句，很容易误以为词人在谈孟冬十月的天气晴好，其实词人言在此而意在彼，是用风的娇柔象征所遇女子的风致嫣然，令人如坐春风。"云英此夕度蓝桥"表面上是在说"今夕何夕"，犹七月初七夜里说"这是牛郎织女相会之夕"，但蓝桥相会在传说故事中并没有明确的日期，所以这里是用传说暗指当下的艳遇。蓝桥相会故事是说唐穆宗长庆年间，有个叫裴航的秀才租船将往游湘、汉，爱上同舟美女樊夫人，作诗表白，樊夫人以诗委婉地拒绝，并以诗中隐语作出预言。樊夫人飘然不见，裴航方知她是仙人，后来路过蓝桥驿，口渴求水浆，偶遇美女云英，想起了樊夫人诗中的"蓝桥"与"云英"方知诗意，便向云英求婚，云英之母以捣药玉杵一根为答应的条件。裴航历尽艰辛磨难，购得玉杵，与云英顺利结为连理。成婚之夜有名叫云翘夫人的仙女来贺，自言就是舟上樊夫人，是云英的姐姐，刘纲仙君之妻。后来裴航与她们姐妹一起修行，也成仙而去。"人意"指情意，"花枝"指颜色即相貌，两者"都好"。

清·汪士慎
花卉山水图册·其二

如果说上阕是"比兴",下阕就是"赋"。"百媚朝天淡粉,六铢步月生绡"两句正面描摹女子之美。前一句写相貌,明明是素面朝天,仅仅薄施淡粉,却千娇百媚,说明女子之美并非刻意修饰出来的,而是清水出芙蓉,本来就很美。后一句写衣着,"六铢"言生绡所制之衣的轻薄,女子穿着这样的衣服在月下漫步,真的如仙女下凡一般。最后言"人间霜叶满庭皋,别有东风不老",再次表达了激赏与欣喜,与"十月谁云春小,一年两见风娇"首尾呼应。红叶落满水边,是初冬十月的景象,词人说"人间"是如此的,意味着别有"非人间"之处,那里是春风不老的,究竟是什么所在呢?当然是与美人的邂逅,刹那间把人间变成了常春的仙境。

四季诗书·玄英

孟冬之月

南中[1]感怀

唐·樊晃

樊晃(约700—约773)

句容(今属江苏省)人,郡望南阳湖阳(今河南省唐河县西南湖阳镇),卫尉少卿樊文孙。唐代诗人。

开元二十八年(740)进士及第,又中书判拔萃科,在中央与地方担任过许多职务。

有诗名,与刘长卿、皇甫冉友善,曾集杜甫诗为《杜工部小集》六卷,自为序。《全唐诗》存其诗一首。

南路蹉跎[2]客未回,常嗟物候[3]暗相催。
四时不变江头草,十月先开岭上梅。

译文 在南方虚度时光,客居未回,时常嗟叹物候变迁催人老。江边的野草四时常青,岭上的梅花十月就先开了。

解说 此诗当作于诗人任汀州(今福建省长汀县)刺史时。樊晃生在长江岸边的句容,曾长期在朝任职,后外放至闽西南的汀州为官,因思念故土,故作诗抒怀。

1 南中:泛指南方,南部地区。
2 蹉跎:失意,虚度光阴。
3 物候:动植物随季节气候变化而变化的周期现象。泛指时令。

首句即点明自己的处境。"南路"指南方偏远之地,而"蹉跎"则表示因远离政治中心,在这偏远的地方为官,很难引起当朝者的注意,只是蹉跎时光罢了。"客未回"则表明客居依旧,一直没有得到回归的机会。第一句短短七个字,就把自己的处境和心境表现出来,让读者感受到诗人的愁闷心情。接着一句"常嗟物候暗相催"于是就显得顺理成章,物候的变迁在志得意满时看来,是风花雪月的不同美景,然而愁眼观之,则是岁月催人老,头白犹未归。

物候的变迁可以通过种种物象来表现,诗人却说"暗相催",即偷偷地、不被注意地变化。为什么这样说呢?"四时不变江头草"一句给出了答案,因为华南地区气候温暖,江(当是指汀江)边之草四时不败,秋冬仍是绿油油的,用这一个物象就提示了当地物象更替改换的不明显,与前句"暗"字呼应。尽管如此,若留心观察,也可以注意到当地特有的标志性现象,诗人以"十月先开岭上梅"点出,北方冬末春初才开的梅花,南方孟冬十月就盛开了,提示一年即将结束,愈加勾起了诗人的客愁。

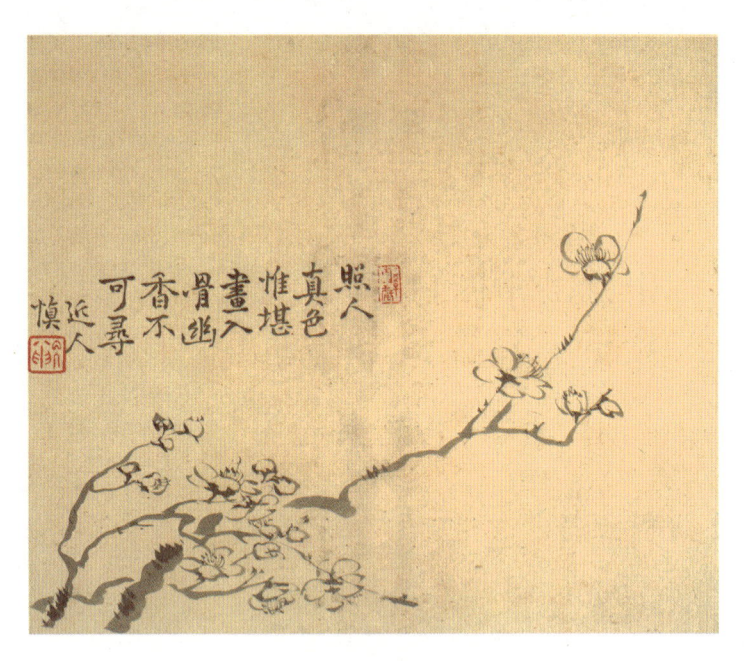

照人真色惟堪画
入骨幽香不可寻
慎近人

清·汪士慎
花卉山水图册·其五

孟冬之月

十月二十四日早始见雪登白云台[1]闲望乱道[2]走书[3]呈尧夫先生[4]

宋·富弼

富弼（1004—1083）

字彦国，洛阳（今河南省洛阳市）人。北宋大臣、诗人。

仁宗天圣八年（1030）举茂才异等，官至枢密副使。庆历二年（1042），奉命出使辽国时，以增加岁币为条件，据理力争，拒绝割地要求。两次拜相，后因阻青苗法受责，求归洛阳养疾，不久即致仕。元丰六年（1083）卒，年八十，谥号文忠。

富弼著述宏富，本有《文集》八十卷，惜已亡佚，仅存《富郑公集》一卷传世。

气候随时应，初寒雪已盈。

乾坤[5]一色白，山水万重清。

是处人烟合，无穷鸟雀惊。

忻然[6]不成下，连把玉罍[7]倾。

1　白云台：即白云山，在今河南省洛阳市嵩县。
2　乱道：妄言，胡说。用以谦称自己的作品。
3　走书：去信。
4　尧夫先生：北宋理学家、诗人邵雍的字。
5　乾坤：《周易》的乾卦和坤卦，代表天和地。
6　忻然：喜悦貌，愉快貌。
7　玉罍：酒器的美称。

清·吴石仙
溪山积雪图

译文　　天气的变化与时令相应，寒冬刚刚开始，雪已经落满了山野。天地之间一色纯白，山山水水层叠万重，景象清新。人烟辐辏，无穷无尽的鸟雀惊飞。身心愉悦不想下山，观赏美景连连饮尽杯中的美酒。

解说

这是富弼于十月二十四日当天见到当年冬天的第一场雪，作诗记之并寄赠邵雍。

首联写雪下得早。"气候随时应"是说气候与时令相应，言下之意是在节序更替之际变化剧烈。"初寒"指刚刚入冬，点了诗题中"十月二十四日"这个日期，刚入冬就下了一场雪，是"气候随时应"之例证。

颔联写雪景，笔力如椽。"乾坤"即天地之间是"一色白"，大雪覆盖万物，让世间万物万色皆归于白茫茫一片。"山水万重清"则是在这"一色白"中又有丰富的层次，随山势水位的不同而有明暗深浅的不同，犹如"墨分五色"一般，白也可以有丰富的表现力，但不管何种层次、何种角度，景色的共同之处在于清新。此联对仗非常工整，而又一气呵成，无斧凿之痕，把雪景的特点表现得很到位。

颈联写雪景之上人的活动。诗人赏雪之处并非荒郊野岭，而是通邑大都附近的山川，"是处人烟合"的"合"字表现了此处住户之众多，人烟辐辏，在雪景的清亮背景下，显得格外温暖、有人情味。"无穷鸟雀惊"，言无数的鸟儿受惊起飞，此句其实也是写人的活动。鸟雀惊飞有多种原因，包括人烟辐辏之处，或是有人靠近，或是有车马经过，等等，所以鸟雀惊飞也是人多、活动频繁的一个表征。如此描写，表现出诗人对人情物理观察体会的细致。

尾联写诗人观景的感受。诗人欣赏这美妙的雪景，感到非常愉悦，乃至于迟迟不想下山回家，连连饮尽杯中美酒。"忻然不成下，连把玉罍倾"的这份喜悦，也正是诗人想要与友人分享的。

孟冬之月

大同[1]十年十月戊寅诗

南朝·萧纲

萧纲（503—551）

字世缵，小字六通，建康（今江苏省南京市）人。梁武帝萧衍第三子、南朝梁第二任皇帝。

中大通三年（531），其兄昭明太子萧统去世，萧纲被册立为皇太子。侯景之乱爆发，太清三年（549）宫城陷落，梁武帝逝世，萧纲即位称帝，次年正月初一改元大宝。

萧纲擅长玄学，亦工诗文，对宫体诗的形成起了重要作用。

喧尘[2]是时息，静坐对重峦。

冬深柳条落，雪后桂枝残。

星明雾色净，天白雁行单。

云飞乍想阁，冰结远疑纨[3]。

晚橘隐重屏，枯藤带回竿。

荻阴[4]连水气，山峰添月寒。

1 大同：南朝梁武帝萧衍的年号，始于公元535年，终于公元546年。
2 喧尘：喧闹的尘世。
3 纨：细绢。
4 荻阴：芦荻的阴影。

宋·马远 寒岩积雪图

译文　　尘世此时停息了喧闹，我面对着重叠的山峦静坐。冬日渐深，柳条枯萎而落，桂树在雪后只剩残枝。夜雾清净，星星格外明亮，明澈的天幕下，一行大雁孤单地向南飞去。云朵舒卷，让人想起亭台楼阁，远处凝结的坚冰就像白绢一样。向晚时分橘树隐匿在重重屏障之中，枯藤在竹林边蜿蜒。芦荻的阴影延伸入苍茫水汽之中，月下的山峦倍添清寒之气。

解说　　如标题所示，此诗作于大同十年（544）的孟冬，此时萧纲已经做了十几年太子，萧梁政权也处在繁荣兴盛的巅峰。诗中描写了初冬时节的景物，给人一种宁静雍容的感觉。

　　首两句写诗人所处的环境。"喧尘是时息"既展现冬天的冷寂氛围，也表明自己身处一个远离市井的环境中。"静坐对重峦"用自己的状态进一步提示了周边的大环境，重叠的山峦让静坐中的诗人心境更加平静悠远。

　　接着两句写草木。"冬深柳条落，雪后桂枝残"互文见义，"冬深"与"雪后"点明时令，入冬已经有了一段日子，刚刚下完雪。此处仅用"柳条"与"桂枝"两种植物作代表，涵括所见到的草木在冬天零落凋残的样子。

　　然后视角转向天空，"星明雾色净"用星星格外明亮凸显初冬天气的高爽明朗。"天白雁行单"的"天白"出自《楚辞·大招》"天白颢颢，寒凝凝只"，《补注》："言北方冬夏积雪，其光颢颢，天地皆白。"诗人将天地白茫茫一片作为大背景，此时万物萧条，只有一行大雁飞过，显得那样孤单，让人读之如身临其境，苍凉之感顿生。接着仍写远景，镜头从天空转到地面，"云飞乍想阁"写蓝天上白云舒卷，让人观其形而联想到亭台楼阁。一个"乍"字表示时间短暂，刚觉得像某物，云已经被风吹成了别的形状或者散开了。诗人对物态的描摹可谓细致入微。"冰结远疑纨"则将远眺天边的目光稍稍下移，远处结冰的河流就如长长的丝带。"疑"与上一句"想"相呼应，突出了主观的视角与心理活动。

最后四句写了一个从傍晚到入夜的过程，以一天的终了收束全诗。按照由近及远的顺序，先写近处的景物，"晚橘"影影绰绰，写出了庭院的曲折幽深；"枯藤带回竿"用枯萎的藤蔓既再次提示时令，又表现了庭院中竹林的清雅，"隐"与"重"两个动词赋予了静物动态的效果。"荻阴连水气，山峰添月寒"两句写夜色渐浓，只能看到水边芦荻模糊的阴影，与水汽连成一片，而月亮已升上天空，照着远处的山峰，显得愈加幽寂清寒。"连"字突出了水雾弥漫之境，而"添"字加重了冬季冷寂的氛围。

此诗除头两句之外，对仗皆非常工整，且善于炼字，实为后来近体诗之滥觞。

宿灌阳[1]滩

唐·戴叔伦

戴叔伦(732—789)

字幼公,一作次公,一说名融,润州金坛(今江苏省常州市金坛区)人。唐代诗人。

年少师事萧颖士,有才名。安史之乱中避于江西鄱阳。代宗初年,由刘晏荐为秘书省正字,入其盐铁转运使幕。后任多处地方官,晚年上表自请为道士。

戴叔伦的诗多表现隐逸生活的闲适情调,论诗主张"诗家之景,如蓝田日暖,良玉生烟,可望而不可置于眉睫之前"。原有集,已散佚。

十月江边芦叶飞,灌阳滩冷上舟迟。
今朝未遇高风[2]便,还与沙鸥宿水湄[3]。

译文　　江边十月里芦苇叶随风飞舞,灌阳的江滩上冷飕飕的,上船迟了些。今早不能顺风而行,晚上可能要与沙鸥一起宿在水边。

1　灌阳:县名,今属广西壮族自治区桂林市。境内河流以灌江为主,属长江流域湘江水系。
2　高风:强劲的风。
3　水湄:水边。《诗经·秦风·蒹葭》:"蒹葭凄凄,白露未晞。所谓伊人,在水之湄。"

清·石涛
山水花卉图册·其一

解说　　此诗作于诗人容管经略使任上。时值十月，诗人乘舟行于灌江，有感而发。

　　首句点明了节候，即孟冬十月，用"芦叶"和"沙鸥"两个物象，把握住节候特点与舟行的感受。"芦叶飞"一语写出了秋冬时节水边芦荻萧条之态，仅用一个物象就让读者如身临其境。接着点出地点——"灌阳滩"，时已入冬，滩上有些冷，所以"上舟迟"，即上船出发的时间迟了，可知诗人是从灌阳城出发，在灌江岸边上船。表面说是因天冷而出发较迟，其实给予读者很大的想象空间，真实的原因或许是友人盛情，或许是流连美景，只是不可或不必明说出来。

后两句承上面"迟"字而言，写了古代乘舟出行的人经常会遇到的一种情况。本来出发就迟了，还不能顺风而行，即所谓"今朝未遇高风便"，只能缓缓而行，恐怕当天是到不了下一个可以住宿的城镇码头了，诗人因此估计晚上只能住在停泊于水边的船上了。住在船上，当然没有上岸住宿便利舒适，但诗人一句"还与沙鸥宿水湄"却把这种遭遇写得很有野趣，很有诗意，可见他的心情是轻松平和的，既没有着急赶路，也没有浓烈的客愁，反而乐意这样去享受旅途生活。

桂林一带，灌江之上，景物可写的很多，诗人却只提到"芦叶"和"沙鸥"两个物象，却让人仿佛置身于十月的江上，就是因为诗人把握住了节候特点与舟行的典型感受。

洛桥¹晚望

唐·孟郊

天津桥²下冰初结，洛阳陌上人行绝。
榆柳萧疏楼阁闲，月明直见嵩山³雪。

孟郊（751—814）

字东野，湖州武康（今浙江省德清县）人。晚唐具有代表性的诗人。

屡试不第，四十六岁才中进士，五十一岁任溧阳县尉。他遁迹林泉，放浪形骸，以致公务多废，县令乃以假尉代之。

孟郊之诗多抒发穷途的牢骚，风格瘦硬清奇，以苦吟著称，与贾岛并称"郊寒岛瘦"。有《孟东野诗集》传世。

译文　天津桥下的河水刚刚结冰，洛阳城街道上几乎没有行人。榆树、柳树只剩光秃秃的枝条，楼阁冷清，明月下能一眼望见嵩山上的雪。

解说　此诗应作于元和年间，诗人任职河南，居于洛阳。

第一句"天津桥下冰初结"点出地点——天津桥和时

1　洛桥：今河南省洛阳市西南洛水之上的桥。
2　天津桥：即洛桥。
3　嵩山：位于洛阳东部，现属河南郑州管辖，是五岳之"中岳"。

间——初冬。如何表达洛水流域的初冬？诗人用"冰初结"，表现此时洛阳河水才开始结冰，并非特别寒冷。第二句"洛阳陌上人行绝"点出小的时间——夜晚，人烟辐辏的洛阳都市，白天街上车水马龙，只有入夜之后，因为宵禁，才会"人行绝"，也就没有什么热闹场景吸引注意。第三句"榆柳萧疏楼阁闲"实际上写的是视野开阔，没有遮挡。榆树、柳树在春夏季节枝叶繁茂，即便在秋季，叶落也有个逐步的过程。入冬以后，叶子落得差不多了，只剩下光秃秃的枝条，才最不会遮挡远眺的视线。"楼阁闲"的"闲"字当作"冷清"解，没有人声鼎沸，也没有灯火通明。前三句给读者描绘了初冬夜晚洛阳城的寂静和落寞。

诗人前三句都在铺垫时间、地点、环境、视野诸方面条件，最后一句才是整首诗的关键。诗人烘云托月般地推出最后一句，点出"晚望"的是远处嵩山顶上的积雪，而让这望见得以实现的最后也是最重要的一个条件也被强调了出来，就是"月明"，只有月色特别明亮，才能望见那么远的景物，"直见"的"直"字照应了前面对环境和视野条件的描述。

此诗具有极其严密的内在逻辑，却并没有"说理"的痕迹，自然而然，似不经意，被《养一斋诗话》视为"笔力高简"的典范。

清·石涛
设色山水册·其十二

步出夏门行[1]·冬十月

汉·曹操

孟冬十月,北风徘徊[2]。
天气肃清[3],繁霜霏霏[4]。
鹍鸡晨鸣,鸿雁南飞。
鸷鸟潜藏,熊罴窟栖。
钱镈[5]停置,农收积场。
逆旅[6]整设[7],以通贾商[8]。
幸甚至哉!歌以咏志。

1 步出夏门行:乐府《瑟调曲》名,又名"陇西行"。
2 徘徊:回旋。
3 肃清:形容天气明朗高爽。
4 霏霏:浓密盛多。
5 钱镈:古代两种农具名。
6 逆旅:客舍,旅馆。
7 整设:整顿,整理。
8 贾商:犹"商贾",行商坐贾,泛指商人。

曹操(155—220)

字孟德,小字阿瞒,沛国谯县(今安徽省亳州市)人。东汉末年权相,太尉曹嵩之子,曹魏的奠基者。汉末政治家、军事家、文学家、书法家。

二十岁时举孝廉,后参与征剿黄巾军。董卓专权时,与袁绍等共讨董卓。建安元年(196)迎汉献帝还洛阳,迁都许县(今河南省许昌市东),总揽朝政,挟天子而令诸侯。

曹操拥有极高的文学创作才能,是建安一代文风的开创者。原有集,已佚。有明人辑《魏武帝集》。

清·石涛
山水图册八开·其六

译文

孟冬十月,北风回旋呼啸。天清气爽,霜华繁盛。鹖鸡在清晨鸣叫,大雁正在往南迁徙。猛禽藏在巢中,熊罴准备冬眠。农务结束了,收获的谷物堆积在场中。旅店都在整修设施,以便商贾往来。真是美好无比啊,让我们尽情歌唱,抒发心中的情怀吧!

解说

曹操的作品是四言诗最后的辉煌,直承《诗经》的优秀传统,抒发自己的人生感悟与政治抱负,多苍凉劲爽之气,此诗就是其中之一。

首句即点出时节,即"孟冬十月"。接着写典型的气候特征。首先描写"北风","徘徊"二字形容北风回旋之状。"天气肃清"是写天空湛蓝高远,天地间充满肃杀之气,给人清冷的感觉。"繁霜霏霏"中的"繁"字和"霏霏"形容量多,使人想见白霜铺满荒野草木的场景。

接着四句写动物。"鹍鸡晨鸣,鸿雁南飞"两句,显然是受《楚辞·九辩》"雁廱廱而南游兮,鹍鸡啁哳而悲鸣"的影响。这两句是用鸟类的鸣叫烘托初冬的氛围。"鸷鸟潜藏,熊罴窟栖"两句着眼于冬天已经栖息的动物,猛禽很少露面,说明能捕食的猎物少了,熊这样的冬眠动物也钻进了洞中。动物活动的减少,是冬季凄清冷落之状的一方面,诗人不仅用"有什么"来表现,还用"没有什么"来表现,对比描绘,别有意义。

接着四句写人的活动。"钱镈停置,农收积场",农具闲置在那里,秋天收获的粮食堆积在场中,都是静止的状态,是以"有"写"无",用农具和收获物提示一年的农作已经结束,农民可以闲下来过冬,这样一来,田间地头和道路上就变得冷冷清清。与此形成对照的是"逆旅整设,以通贾商",因为秋收已毕,新粮上市,人们的闲暇多了起来,正是商人们将要远出贸易之时,旅店为此而忙着整修设施,做好接待客商的准备。诗人从自然景物写到人的生活,勾勒出一幅孟冬时节的白描图卷。

最后两句是"步出夏门行"系列每首都有的套语,可以不论,但"歌以咏志"一句恰恰点明了自《诗经》始的"诗言志"的创作宗旨。

十月二十九日雪四首（其一）

宋·苏辙

苏辙（1039—1112）

字子由，一字同叔，晚号颍滨遗老。眉州眉山（今四川省眉山市）人。北宋大臣、文学家。

嘉祐二年（1057）登进士第。后因反对王安石变法，出为河南留守推官。元丰二年（1079）受苏轼"乌台诗案"牵连，外放为地方官，后屡经浮沉。政和二年（1112）去世，宋孝宗时追谥"文定"。

苏辙与父亲苏洵、兄长苏轼合称"三苏"。有《栾城集》传世。

床头唧唧糟鸣瓮，夜半萧萧雪打窗。
拥褐[1]旋惊花著树，泼醅[2]初喜酒盈缸。
邻翁晨乞米三斗，钓户[3]暮留鱼一双。
自笑有无[4]今粗足，遥怜逐客过重江[5]。

---

1. 拥褐：裹着布被。
2. 泼醅：即酸醅。重酿未滤的酒。
3. 钓户：指渔家。
4. 有无：指家计的丰或薄。
5. 此句有自注："时逐客有过湖岭者。""逐客"指被贬谪远地的人。

译文　　床头酒瓮里的酒糟唧唧作响,半夜里北风萧萧,雪敲打着窗户。早上裹着布被开窗一看,惊喜地发现树上开满了"花",缸里的酒也满了。邻家老翁清早来借三斗米,渔夫晚上回家给我留下两条鱼。想到如今家计基本上够用,不由得笑了,可转念想起那贬谪远方的人从湖岭经过,又升起怜悯之情。

解说　　此诗当作于苏辙被贬谪的时期,表现了随遇而安、苦中作乐的"罪臣"生活。

首联选用了两个非常贴切的象声词,一是床头瓮中酒糟鸣响的"唧唧"之声,一是半夜里雪打窗户的"萧萧"声,前者描摹酒水中细微变化发出的声音,而后者像尖锐的风声。酒糟之声很小,在"萧萧雪打窗"的时候能够听见,是因为近在"床头",且夜静更深。这样看,方知诗人所选的每一个字都是经过仔细斟酌的,从而让整联诗成为相互联系的有机整体。

颔联从上一联的听觉写到视觉,两种声音、两种景象,都令诗人欣喜,时间也自然从夜里过渡到早晨。首先是因为夜里下了一场雪,第二天早上诗人裹着布被开窗一看,惊喜地发现树枝上的雪如同花开一般,"拥褐旋惊花著树"的"拥褐"极有生活气息,而"旋惊"表现了诗人乍见雪景时眼前一亮的感觉。"泼醅初喜酒盈缸"则承首句而言,可以想见诗人在夜里听到酒糟之声的时候就已心痒难耐,早上迫不及待地打开酒瓮,欣喜地发现酒浆已满。有雪景可赏,有酒可饮,冬日的"幸福生活"已经粗备。

颈联中,诗人并没有直接写自己有什么食物,而是巧妙地将其表现在与邻里互通有无的交往中,以此表现自己不仅有酒，还有粮食和菜肴。"邻翁晨乞米三斗"是诗人帮助邻居，能借米给人，就说明诗人家里有较充足的粮食。"钓户暮留鱼一双"则是街坊赠送食物给自己，"留"字说明这种事常有，直接留下便好，不需特意嘱咐。此联中的时间"晨"与"暮"、食物"米"和"鱼"、数量"三斗"与"一双"，都不可拘泥理解，是诗人根据格律的需要而言。诗人选取日常生活中的典型人物、典型事件，既表现了自己有一定的物资储备，也表现了邻里之间的和谐融洽。

尾联总括自己的境遇。"自笑有无今粗足"可以视为上面三联所言的总结，有布被可以御寒，有酒可饮，有米有佐餐的菜肴，在这寒冷的冬天可以饮酒赏雪，生活可谓"粗足"。可是诗人此刻推己及人，"遥怜逐客过重江"，怜悯那些在贬谪路上的人，暗示了自己也是"逐客"，只不过已经在贬谪之地安顿下来了而已。

此诗善于抓住典型形象与典型现象，遣词造句似不经意而实具匠心，表现了逆境中豁达的态度与推己及人的博大胸怀。

明·朱邦
寒江渔村图

赠刘景文[1]

宋·苏轼

苏轼（1037—1101）

字子瞻，号东坡居士，眉州眉山（今四川省眉山市）人。北宋著名文学家、艺术家。

苏轼因对王安石变法不满，自求外放为官；后王安石变法失败，旧党当政，苏轼重被起用。苏轼性情耿直，对旧党的做法大加抨击，再次遭外放。最后在常州病逝。

苏轼在诗词、散文、书画等方面都卓有建树，名列"唐宋八大家"。有《东坡七集》《东坡乐府》等众多著作传世。

荷尽已无擎[2]雨盖，菊残犹有傲霜枝。
一年好景[3]君须记，正是[4]橙黄橘绿时。

译文　　那举起如挡雨之盖的荷叶凋敝已尽，菊花虽凋残却还有傲视霜雪的枝条。一年中最好的景致您要记住，正是橙子黄了橘子犹绿的时候。

1　刘景文：即刘季孙，字景文，祥符（今河南省开封市）人。仕于仁宗、哲宗朝，苏轼好友。此人博通史传，性好异书古文石刻，仕宦所得禄赐尽于藏书之费。
2　擎：托举。
3　景：一作"处"。
4　正是：一作"最是"。

清·赵之谦
花卉图册·其二

解说　　这首诗当作于元祐五年（1090）冬初，当时苏轼正在杭州任职，而好友刘季孙任两浙兵马都监，也在杭州。两人过从甚密，交谊深厚，后来苏轼还特意向朝廷举荐刘季孙。这首诗写江南初冬的景物，也寓有对刘季孙的勉励之意。

前两句以荷叶与菊花相对比写冬天已经到来。荷之"尽"与菊之"残"似乎相去不远，两者都到了凋残零落的时候，"已无"与"犹有"则用反义词凸显了两者的不同，荷叶本像高高擎起的华盖一般，可以遮风挡雨，然而一旦在北风中凋敝，水面上便只剩下一片颓败。菊花则不同，即便残败，依然抱霜于枝头，而那枝条仍是那样的挺直，傲视霜雪。诗人通过这样的对比，实际上表达了对立身处世的看法，有的人清平无事之时优哉游哉，志得意满之时声势赫然，然而一旦处于逆境，到了经受考验的时候，很快便"败下阵来"，或志节有亏，或消极颓废。与之不同的是，真正的志士仁人不会因环境严酷而改节，不会因遭受打击而颓废。

后两句更进一层。"荷尽""菊残"可以说是美景的消歇，而诗人却说这是一年中景色最好的时候，并且提示友人要牢牢记住。接着诗人又用两个相连的物象提示时节，橙子黄了，橘子绿了，一"黄"一"绿"相映成趣，这两种水果都已到了将要收获的时节。凛冬已至，天气越来越冷，却恰恰成就了橙子和橘子的甘美，这象征着一旦经受住了艰难困苦的考验，这些苦难就会成为一种"财富"，会使自己变得更强大。所谓"疾风知劲草，板荡识诚臣"，逆境能激发出人的毅力和勇气，让人成熟起来，恰如"橙黄橘绿"一般。

苏轼任杭州通判，是在论新法之弊、触怒王安石之后，此时的他已经体会到政治关系之复杂与政治斗争之严酷，所以对自己所看重的友人刘季孙，借初冬景致作出告诫与勉励。此诗通篇都用隐喻、象征的手法，却并无丝毫牵强附会之处，贴切自然，表现出对友人的期许。

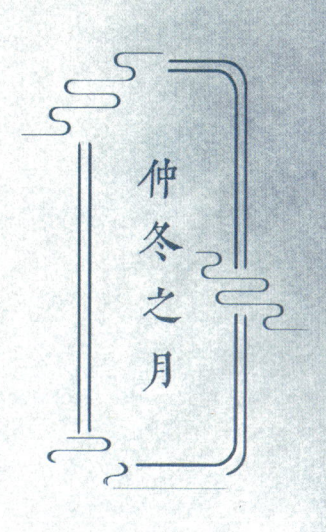

仲冬之月

四季诗书·玄英

仲冬之月

浣溪沙[1]·仲冬朔日独步花坞中晚酌萧然[2]见樱桃有花

宋·毛滂

毛滂（1061—约1124）

字泽民，号东堂，衢州江山（今属浙江省）人。北宋词人。

以父荫入仕，神宗、哲宗年间任多处地方官，徽宗崇宁初召为删定官，政和四年（1114）以祠部员外郎知秀州。

毛滂长于诗词，苏轼称其"文词雅健，有超世之韵；气节端厉，无徇人之意"。有《东堂集》六卷，已佚。清四库馆臣据《永乐大典》辑成《东堂集》十卷，其中诗四卷。

小圃韶光[3]不待邀，早通消耗[4]与含桃[5]。晚来芳意半寒梢。

含笑不言春淡淡，试妆未遍雨萧萧[6]。东家小女可怜娇。

---

1 浣溪沙：词牌名，一作"浣纱溪"，又名"小庭花"等。
2 萧然：空寂，萧条。
3 韶光：美好的时光，常指春光。
4 消耗：音信，声息。
5 含桃："樱桃"的别称。
6 萧萧：象声词。这里指风雨声。

译文　　小小的花圃里，春光不待邀请，早就把信息悄悄传递给了樱桃，傍晚时分春意已经占据了枝头的一半。

这淡淡的春色含笑不言，新妆尚未试完雨就潇潇下了起来，这东家的小女儿是多么娇美可爱啊！

解说　　这是一首咏樱桃花的词，特殊之处在于这花开在隆冬十一月，词的标题中说得很清楚，断句应为：仲冬朔日，独步花坞中，晚酌萧然，见樱桃有花。

上阕写樱桃花开，将其作为春天的讯息看待。首先就说"小圃韶光不待邀"，时值隆冬，春天还远，想把春光邀请到这花圃中也邀请不来，孰料春光本不用邀请，为什么这么说呢？"早通消耗与含桃"，原来春天早就暗通了消息给樱桃，所以才不声不响地开了花。词人用"晚来芳意半寒梢"形容，"寒梢"指冬天的枝头，而春意已占了一半，即一半枝头的花已经开了。这是十一月的第一天，在节候较晚的年份尚属于"十月小阳春"，而樱桃花在艳阳天容易开，所以这并不是特别奇怪的事情。但是在一片萧条的花圃中，忽然看见枝头有这娇嫩粉红的花朵，仍令人惊喜莫名。词人用拟人的手法，说这花是春天与樱桃暗通消息的表征，以此表达自己欣喜的心情。

下阕仍用拟人的手法，把樱桃比作一个少女，她含笑不言，代表了淡淡的春光。词人将樱桃开花写作少女在"试妆"，还未试完雨已潇潇下了起来，在小雨中显得更加娇嫩可爱。这少女究竟是谁家的女儿呢？词人说她是"东家小女"。这是借用宋玉《登徒子好色赋》中的美女"东家之子"："天下之佳人莫若楚国，楚国之丽者莫若臣里，臣里之美者莫若臣东家之子。

清·汪士慎
花卉图册·其十一

东家之子,增之一分则太长,减之一分则太短;著粉则太白,施朱则太赤;眉如翠羽,肌如白雪;腰如束素,齿如含贝;嫣然一笑……"后来诗词中多用"东家女"指称美女。此词用"东家小女"却别有内涵,按照传统观念,东方甲乙木,四季为春,东风即春风,所以这个称呼是把樱桃当作春天的小女儿,正因为有这样的亲密关系,春天才暗通消息给她。

此词别出心裁,通篇用拟人手法表现樱桃开花的"春意",清雅小巧,风致嫣然。

杂曲歌辞[1]·蓟门[2]行五首（其三）

唐·高适

高适（约700—765）

字达夫，郡望渤海蓨县（今河北省景县），儿时随父旅居岭南，后寓居宋中（今河南省商丘市一带）。唐代著名边塞诗人。

早年曾求仕长安，又曾漫游燕赵，与李白、杜甫等交游。天宝八载（749）在睢阳太守张九皋的推荐下举有道科，授封丘尉。安史之乱后历淮南、西川节度使，终散骑常侍，封渤海县侯。世称高常侍。

《全唐诗》收录其诗四卷。有《高常侍集》传世。

边城[3]十一月，雨雪乱霏霏[4]。
元戎[5]号令严，人马亦轻肥[6]。
羌胡[7]无尽日，征战几时归？

---

1. 杂曲歌辞：乐府中的一种，是由乐府整理的一些散失或残存下来的民间乐调的杂曲。
2. 蓟门：地名，即蓟丘，在今北京德胜门外。
3. 边城：边地的城邑。
4. 霏霏：雨雪盛貌。
5. 元戎：作为先锋的大型兵车。
6. 轻肥：轻暖和肥壮。
7. 羌胡：指我国古代的羌族和匈奴族，可用以泛称我国古代西北部的少数民族。

明·文徵明
关山积雪图

译文 十一月的边城，大雪纷飞。身在前线，号令严密，部队也正是兵强马壮的时候。羌胡被彻底消灭的时日还不确定，这战争要到什么时候才能结束，什么时候才能回家？

解说 这是高适的拟乐府作品，共有五首，此为第三首，表现了边关将士的艰辛和厌战情绪。

第一句即点明时间和地点，即十一月仲冬在边城，接着抓住冬季边地最典型的景物特征来描写——"雨雪乱霏霏"。若在内地，这样寒冷的天气，人们往往窝在家中取暖，尽量减少外出，然而边关将士却不能如此悠闲，反而要趁着冬天出征，"元戎号令严，人马亦轻肥"所言即此。"元戎"一词出自《诗经·小雅·六月》"元戎十乘，以先启行"，即先锋部队的意思，在此诗中是表示统领前线部队的主要将领。将帅的号令严密，秋冬季节又正是兵强马壮的时候。"人马轻肥"源自《论语·雍也》

"乘肥马，衣轻裘"，又写作"裘马轻肥"，意谓乘着肥壮马匹拉的车、穿着轻暖的裘衣，这里借用指冬天正是战马肥壮的时候，正可以发动对胡人的攻击。

驰骋疆场，为国效命，本是男子汉实现人生价值的一种方式，但长久的战事也会让将士充满疲惫和厌倦，诗的最后就反映了这种心理。"羌胡无尽日，征战几时归"，用疑问的形式抒发牢骚，连年征讨，羌胡不可能彻底消灭，战争也就一直持续下去，不知何时才能回归故里。诗人从风雪写到兵营，从戎事写到内心，抒发了边关广大将士的心声。

和范御史十一月三日见月

宋·赵抃

有客冬还吴,孤舟暮停颍。
山收乱云彩,天放新蟾影[1]。
呼童挂帘起,对此清夜[2]景。
横琴[3]弄流水[4],醉耳谁其醒?

译文　　有人冬天里还归吴地,一叶孤舟傍晚停泊在颍水上。灿烂的云霞渐渐沉入山的背后,天空中呈现出一轮新的明月。叫侍童把帘子挂起,好欣赏这清新的夜景。抚琴弹奏一曲高山流水之音,耳朵沉醉了谁愿意醒呢?

1　蟾影:月影,月光。传说月中有蟾蜍。
2　清夜:清新的夜晚。
3　横琴:抚琴,弹琴。因为古琴不用时是竖着放的,用的时候横过来。
4　流水:即《高山流水》,古琴曲名。可泛指琴曲。

宋·夏圭
临流抚琴图

解说

  这是一首和作,友人作了一首《十一月三日见月》诗,赵抃同题、步韵和了一首,全诗皆围绕"见月"而作。

  首联写"见月"的时间、地点。"有客冬还吴"交代了时间是"冬","客"指范御史,"还吴"及下句"孤舟暮停颍"都是描述"见月"之地点,即还归吴地的途中,停在颍水边的船上。"暮"意为傍晚,是船停泊的时间。以"孤"修饰"舟",说明停泊之处左近并无其他船只,只有长空与逝水。

  颔联写云破月出。"山收乱云彩"一句写出了从傍晚到入夜的整个过程,先是夕阳西下,悬在天边,云霞灿烂,随着时间的推移，太阳渐渐落到地平线之下，光线越来越暗，漫天的云霞也暗淡了，慢慢消失在山边。此句"乱"字用得非常精妙，形容了傍晚云霞形、色两方面的纷乱多变。"天放新蟾影"的"蟾影"即月亮的雅称，"新"呼应题中的具体日期"十一月三日"，三日之月当然是新月。此句之"放"与上句之"收"相映成趣，其主语一"天"一"山"，是云彩收而新月出的背景。云彩之消失非山收束，新月之出也非天放出，但这样写强调了背景与观赏对象的动态联系，特别有诗意。

颈联写赏月。在船上叫侍童把帘子挂起，是打算好好观赏月色，但诗人没有直接说赏月，而是说"对此清夜景"，而夜之所以"清"，当然是因为有那一弯新月挂在天边。

尾联写月夜抚琴。在这样美丽的月光下，抚琴一曲无疑是最应景的事了，"流水"即古琴名曲《高山流水》，此处形容琴声的美妙。"醉耳谁其醒"是对友人琴技的恭维，也表明如此月夜令人如痴如醉。

全诗没有出现一个"月"字，却句句不离月，从月出前的铺垫到月出后令人沉醉的氛围，诗人娓娓道来，自然流畅，如一幅写意山水，淡淡几笔就营构出美妙的意境，令人心驰神往。

十一月四日风雨大作二首(其二)

宋·陆游

陆游(1125—1210)

字务观,号放翁,越州山阴(今浙江省绍兴市)人。南宋著名文学家。

陆游因得罪秦桧而致仕途不畅。孝宗时因诗名已盛,任江西常平提举,后辞官回乡。

陆游寿至八十六岁,笔耕不辍,文学成就很高,有《剑南诗稿》《渭南文集》《老学庵笔记》等书传世。

僵卧[1]孤村不自哀,尚思为国戍轮台[2]。
夜阑[3]卧听风吹雨,铁马[4]冰河[5]入梦来。

译文 在孤零零的小村子里卧床不起,却并不为自己感到悲哀,还想着要去为国家戍守边疆。残夜将尽,我躺着听那风吹雨打之声,梦到骑着战马渡过结冰的河流。

1 僵卧:躺卧不起。
2 轮台:古地名,在今新疆维吾尔自治区轮台县南。可泛指边塞。
3 夜阑:夜残,夜将尽时。
4 铁马:配有铁甲的战马。可借指雄师劲旅。
5 冰河:结冰的河流。北周庾信《昭君辞应诏》:"冰河牵马渡,雪路抱鞍行。胡风入骨冷,夜月照心明。"

宋·高克明
溪山瑞雪图（局部）

解说　此诗作于绍熙三年（1192），这时六十八岁的陆游已落职居家三年了。冬夜风雨大作，又激起他北伐中原、收复故土的壮怀。作诗抒怀，同题两首，此为第二首。

"僵卧孤村"是年迈的诗人被罢官归乡后的状态，但他并不为自己感到悲哀，竟还想着为国家戍守边疆。"尚思为国戍轮台"极言自己报效国家之急切，"轮台"是西域地名，汉代西域都护府所在地，不要说南宋，即便是北宋，也未能把这个地方纳入版图，那么诗人这里仅仅是把"轮台"当作一个典故来用，泛指戍守边疆吗？不妨联系陆游的另一首诗来看，即本书清夏卷中《五月十一日夜且半梦从大驾亲征尽复汉唐故地》。此诗描述了诗人的梦境，在梦中皇帝亲征，"尽复汉唐故地"，"苜蓿峰前尽亭障，平安火在交河上。凉州女儿满高楼，梳头已学京都样"。这样看来，"轮台"一语并不是随便用的，而是再一次表达了诗人"尽复汉唐故地"的梦想。

"夜阑卧听风吹雨"补述自己"思"的背景场合，在同题诗作的第一首中，诗人对"风雨大作"有正面描写："风卷江湖雨暗村，四山声作海涛翻。"这样狂风暴雨的声音，进入诗人之梦，表现为"铁马冰河"，即重装骑兵渡过漂满浮冰的河流。寥寥四字描述这样一个梦中的场景，以极冷即铁马冰河表现极热即报国热忱，令人过目难忘。

此诗笔力雄健，意境雄浑，慷慨悲壮，英雄豪迈，是陆游的代表作之一。

玄英

节气介绍

大雪

  大雪标志着仲冬时节正式开始。它和小雪、雨水、谷雨等节气一样，都是直接反映降水的节气。《月令七十二候集解》说："大雪，十一月节。大者，盛也。至此而雪盛也。"此时除华南和云南南部无冬区外，我国大部分地区已进入寒冷的冬季。我国古代将以大雪为始的十五天分为三候："初候鹖鴠不鸣，二候虎始交，三候荔挺出。"这是说此时因天气寒冷，寒号鸟也不再鸣叫了；因阴气盛极而衰，阳气有所萌动，老虎开始有求偶行为；"荔挺"（兰草的一种）也感受到阳气的萌动而抽出新芽。

  大雪是赏雪玩雪的好时节，人们将走出户外，在冰天雪地里打雪仗、赏雪景。南宋周密《武林旧事》卷三有一段话描述了杭州城内的王室贵戚在大雪天里堆雪山雪人的情形："禁中赏雪，多御明远楼，禁中称楠木楼。后苑进大小雪狮儿，并以金铃彩缕为饰，且作雪花、雪灯、雪山之类，及滴酥为花及诸事件，并以金盆盛进，以供赏玩。"大雪的时候白天短过夜晚，各手工作坊，如手工的纸扎、刺绣、纺织、缝纫、染坊，就纷纷利用夜间的闲暇时间开夜工，俗称"夜作"。我国北方很多地区，在大雪的时候均有吃饴糖的习俗。人们食饴糖为的是在冬季滋补身体。

十一月五日夜半偶作

宋·陆游

草径江村人迹绝,白头病卧一书生。
窗间月出见梅影,枕上酒醒闻雁声。
寂寞已甘千古笑,驰驱[1]犹望两河[2]平。
后生谁记当年事,泪溅龙床[3]请北征。

译文 杂草丛生的小径通往江边的村落,人迹罕至,里面住着我这头发斑白抱病在床的一介书生。窗间云破月出时可见梅花的影子,卧于枕上酒醒了听得到大雁的鸣声。孤单冷清甘为千古所笑,还希望能为国家平定河北河东效力。年轻人谁记得当年的事啊,我泪溅御座也要请求北伐。

1 驰驱:奔走,效力。
2 两河:宋称河北河东地区为两河。
3 龙床:御座。

清·王鉴
山水清音图册·其一

解说　　此诗当作于绍熙五年（1194）。四年前陆游"喜论恢复"，遭到主和派围攻，最终被朝廷以"嘲咏风月"为名削职罢官，于是陆游离京回乡，自题住宅曰"风月轩"。到绍熙五年，朝廷发生较大变故，韩侂胄废光宗赵惇，立太子赵扩为帝，把持朝政，独揽大权，贬朱熹、斥理学、兴"庆元党禁"，陆游写诗谴责，但在主张北伐方面，两者意见一致，让已经七十岁的陆游又产生了一些希望，这在这首诗里亦有表现。

首联写诗人的状态。"草径江村人迹绝"的"草径"与"江村"是为了平仄需要而颠倒，"江村"是诗人居住的地方，而"草径"是这个村子与外界联系的通道，"人迹绝"可见江村近乎与世隔绝。"白头病卧一书生"是指诗人自己，"白头"言年老，"病卧"言体衰，"书生"言身份。首联两句不仅是自述，也是在为后面所要表达的东西做铺垫。

颔联写冬季的风景。尽管病卧在床，但还能见梅影、闻雁声。荒僻的小村远离尘嚣，正可以静下来品味自然之美。诗人将"月出"作为窗间见梅影的前提，让冬日赏梅更有诗情画意，让人联想到"疏影横斜水清浅，暗香浮动月黄昏"。诗人将"酒醒"作为枕上闻雁声的前提，展现了诗人整日与醇醪相伴的生活状态。此联对仗非常工整，却如随手拈来，毫不费力。

在这么多的铺垫后，诗人在颈联说自己仍念念不忘北伐收复中原，令人五味杂陈。"寂寞已甘千古笑"是自嘲语，也表明诗人并不在意一身之荣辱得失；"驰驱犹望两河平"说自己仍然愿意为平定中原效力，与"白头病卧"合观，怎不令人唏嘘？笑由他笑，骂由他骂，舍生忘死也要北伐！

尾联回忆"当年事"。"后生谁记"表明那是很多年以前的事了。什么事呢？即"泪溅龙床请北征"。那是在绍兴三十一年（1161），三十七岁的陆游任大理司直，当面向高宗皇帝提了很多意见，重点就是恳请下令北伐中原，说到动情处，声泪俱下，眼泪都溅到皇帝的龙椅上。从三十几岁到年已古稀，三十余年来诗人从未放弃北伐中原、收复河山的理想，无数次尝试劝说掌权者，皆以失败告终，却仍不改初心。

此诗笔法老辣，感情真挚，千载以来读之犹令人动容。

四季诗书·玄英

仲冬之月

周伦（1463—1542）

字伯明，晚号贞翁，昆山（今江苏省昆山市）人。

弘治十二年（1499）中进士，授河南新安知县，擢大理寺少卿，官至南京刑部尚书。卒谥康僖。

周伦博学多才，有《贞翁净稿》《西台纪闻》等传世。

十一月六日夜半渡江

明·周伦

渡江潮正发，江月看沈[1]西。

星入金波动，烟浮碧汉[2]低。

霜钟[3]遥水殿[4]，渔火近沙溪。

京口[5]维舟处，初闻五夜[6]鸡。

译文 渡江时正赶上潮水发动，看那江上的月亮西沉。星辰在月光映照的水波中闪耀，烟雾弥漫在低垂的天空。遥远的殿阁传

1 沈：同"沉"。
2 碧汉：青天。
3 霜钟：指钟或钟声。
4 水殿：临水的殿堂。
5 京口：古城名，在今江苏省镇江市。
6 五夜：即五更。

来阵阵钟声，靠近沙滩处有点点渔火。一直行驶到京口才系舟泊岸，就在此时听到五鼓鸡鸣。

解说　　此诗记述在镇江附近夜渡长江所见的景致。

首联写渡江的时间。"潮正发"言潮水正在发动。初六长江夜间通常在十点左右开始涨潮，这个时间点正与诗题"夜半"相合。"江月看沈西"是说夜已深了，月亮已经过了中天，向西方落去。

颔联写江上的景色。"星入金波动"是说星辰的倒影随着潮水的涌动而动，仿佛漂荡在波浪上。"烟浮碧汉低"让人想到孟浩然的名句"野旷天低树，江清月近人"，江面如旷野一般开阔，江上浮着淡淡的烟霭，所以感觉天幕很低。这一联对仗工整，一"入"一"浮"两个动词尤其传神，星光似深入波涛，而江面上是若有若无的水雾，如梦如幻。

颈联写靠近对岸时的所见所闻。诗人先是听到远处"水殿"传来的"霜钟"之声，如此地悠扬。接着看到近岸沙滩处的点点"渔火"，那里是渔船停泊之处。"水殿"在夜里看不清楚，只能听到钟声，而渔火在江上最为醒目，凡此二者，都表明对岸越来越近了。这一"远"一"近"的描写，让整首诗极富层次感。

尾联写靠岸。"京口"即今镇江，直到最后一联，诗人才交代渡江之地。"初闻五夜鸡"，靠岸时刚到五更天，相当于现在的凌晨三点至五点钟。

此诗写了整个渡江的过程，用语凝练，取景很有表现力，描绘出一幅动态的"冬江夜景图"。

清·石涛
江行画册·其三

十一月七日五首（其三）

宋·张耒

山与晴天[1]晚,江连夕照[2]红。
高鸿知夜渚,乔木要霜风。
买酒缸须满,温炉火屡供。
穷通[3]定何物,随意[4]乐衰翁。

译文 青山与晴空一色,天色已向晚,江水被夕阳映红,与晚霞连为一片。高空中的鸿雁知道水中小洲的方位,高大的树木在寒风中瑟瑟。这时节,买酒就要把酒缸灌满,温酒的炉火要屡屡添柴。困厄与显达到底是什么东西呢?不如任情适意,以娱我这老翁。

1 晴天：晴朗的天空。
2 夕照：犹夕阳。
3 穷通：困厄与显达。
4 随意：任情适意,随便。

清·石涛
山水图册·其六

解说　　此诗当是张耒晚年赋闲时所作，描写了江边冬景和隐居生活。同题五首，这是第三首。

首联描绘了一幅"冬江晚景图"。先从远山写起，江南之山在冬日里仍是青翠的，与晴日的天空一色，向晚时分才渐渐暗淡，诗人用"山与晴天晚"五字概括。而夕阳西下，江上观之尤美，"江连夕照红"的"连"和上句的"与"同义，两句将冬日晚景分为两组，一组写"山"与"天"，本身是冷色调的；另一组写"江"与"夕照"，都是暖色调的，两相对比，如画中淡墨浓彩错落有致。

颔联写入夜之后的环境。傍晚的景色令人目眩神迷，可入夜之后大部分环境中的景物已很难观赏，故而诗人诉诸听觉。首先是鸿雁的鸣叫，诗人没有直接说，而是说"高鸿知夜渚"，这是听到雁鸣后的想象，想象大雁是在呼喊同伴在水中小洲休息过夜，年年经过这里，它们一定知道每个小洲的位置吧。接着是冬夜的风声，"乔木要霜风"，"要"同"邀"，是邀集、迎接的意思，夜里高大的乔木迎风摆动，人在室内难以目睹，但可听到风吹树木的萧瑟之声，想象其形态。

颈联写冬天的乡居生活，以饮酒为主题。饮酒可驱寒，故言"买酒缸须满"。古人饮酒多饮温酒，认为冷酒伤身，何况是在冬天，所以"温炉火屡供"实际是说用温酒炉生火频繁，暗示饮酒次数之多。这就超出了御寒取暖的功用，而有"但愿长醉不愿醒"的意味了。不仅表现了诗人的生活状态，而且表现了诗人对生活的态度。

尾联则将这种生活态度和盘托出。人世间的"穷"与"通"都不必介意，不必患得患失，不必宠辱若惊，不如随意取乐，方是人生的真谛。从张耒宦海沉浮、屡遭贬谪的坎坷经历来看，晚年的他已然看破世情，安于闲居的生活了。

此诗对仗工整，富于想象力，充满生活气息，用词用语凝练巧妙而不露痕迹。

四季诗书·玄英

仲冬之月

十一月初八日观雨
（久欲西游为警报所阻）

元·方回

> 方回（1227—1307）
>
> 字万里，号虚谷，徽州歙县（今属安徽省）人。宋元之际的诗人。
>
> 宋理宗景定三年（1262）进士，官至严州知州，后以城降元，任建德路总管。不久罢官，于是专心诗歌创作。
>
> 著作有《桐江集》《续古今考》，又选唐宋律诗编为《瀛奎律髓》。

重阳[1]晴过小春[2]天，忽复萧骚[3]雨可怜[4]。

响入竹林全似雪，湿蒸茅舍最宜烟。

战尘洗净无传箭[5]，客路泥深亦著鞭。

三月聚粮[6]岂容易，临风殊[7]觉意茫然[8]。

1 重阳：指天。《楚辞·远游》："集重阳入帝宫兮，造旬始而观清都。"洪兴祖补注："积阳为天，天有九重，故曰重阳。"
2 小春：指夏历十月，小阳春。
3 萧骚：稀疏。
4 可怜：可爱。
5 传箭：传递令箭。古代北方少数民族起兵令众，以传箭为号。
6 三月聚粮：用三个月准备旅行所需的干粮。语出《庄子·逍遥游》："适莽苍者，三餐而反，腹犹果然；适百里者，宿舂粮；适千里者，三月聚粮。"
7 殊：特别。
8 茫然：无所适从的样子。

译文 　　天气比十月小阳春还要晴好，忽然稀稀落落下了一场可爱的小雨。雨点洒入竹林的声音像雪一般，茅舍上雾气蒸腾，最适合炊烟袅袅时观赏。这雨洗净了战场的尘埃，没有新的战事发生，道路泥泞，身为旅行者也只能扬鞭启程。远行千里难道是容易的事吗？迎风而行有时候真让人觉得无所适从。

解说 　　诗题断句后应为：十一月初八日观雨，久欲西游，为警报所阻。即本来想去西边游历，却为战事警报所阻，终于能成行，即便下雨也要出发。

　　首联写天气。"重阳"指十一月的天，一般说孟冬十月是小春，比较晴朗，可进入十一月之后天气却更加晴朗，到了八日才下起雨来。下雨本为出行之人所忌，诗人却游兴甚高，觉得这"忽复萧骚"的雨颇为可爱。"忽复"言其下得突然，"萧骚"言其稀稀落落，不足以影响行程。

　　颔联具体写小雨的可爱。诗人从听觉、视觉两个方面着手，"响入竹林全似雪"说的是声音，小雨洒入竹林，响声竟与雪花与竹叶相碰撞的沙沙声完全一样，这写出了雨的轻柔。"湿蒸茅舍最宜烟"则写出了雨丝的细微，远远望去湿气蒸腾如雾霭一般，与袅袅炊烟相得益彰。此联对仗工整，且极富画面感，是描写冬日小雨的佳句。

　　颈联写诗人出游的决心。"战尘洗净无传箭"说的是之前让自己不能成行的战事警报已经消除，承上面小雨而言，所以说"战尘洗净"，也有视小雨为吉兆的意思。"客路泥深亦著鞭"则说的是下过雨后的路面泥泞湿滑，但诗人不顾困难，依然扬鞭启程。"战尘洗净"是一扬，"客路泥深"是一抑，"著鞭"又一扬，

清·萧云从
山水册页·其五

曲折有层次感。

  尾联说诗人为了此行已经做了长期准备,用"三月聚粮"的典故说明好不容易能够成行,真到临出发的时候又"临风殊觉意茫然"了,这种心理颇具代表性,并不是游兴的消退,而是因为前期受阻的时间太长,形成了某种惯性,到局面改观之时反而有茫然无措的感觉。

渔家傲·滇南月节
（其十一）

明·杨慎

杨慎（1488—1559）

字用修，初号月溪、升庵，又号逸史氏、博南山人等，四川新都（今四川省成都市新都区）人。明代文学家、学者。

武宗正德六年（1511）状元及第，授翰林院修撰。嘉靖三年（1524）卷入"大礼议"事件，触怒世宗，谪戍云南永昌卫，从此寄情山水。

杨慎博览群书，著作涉及经史方志、天文地理、金石书画、音乐戏剧等。有《升庵全集》《升庵外集》等传世。

十一月滇南云幕[4]野。漕溪寺[5]里梅开也。绿萼黄须香趁马。携翠斝[6]。墙头沽酒桥头泻。江上明蟾[7]初冻夜。渔蓑[8]句好真堪画。青女[9]素娥[10]纷欲下。银霰洒。玉鳞皴[11]遍

1. 渔家傲：词牌名，又名"渔歌子""渔父词"等。
2. 滇南：指云南。
3. 月节：指旧历一个月。
4. 云幕：云形成的帷幕。
5. 漕溪寺：寺名，即曹溪寺，位于云南省昆明市安宁市西北，始建于宋朝。
6. 翠斝：翠玉酒杯。
7. 明蟾：古代神话称月中有蟾蜍，后以"明蟾"为月亮的代称。
8. 渔蓑：此处特指唐张志和《渔歌子·西塞山前白鹭飞》诗句"青箬笠，绿蓑衣"。
9. 青女：传说中掌管霜雪的女神。可借指霜雪。
10. 素娥：嫦娥的别称，亦用作月的代称。这里指雪。
11. 皴：中国画的一种技法。用淡干墨涂染以表现山石纹理，峰峦折痕及树身表皮的脉络、形态。

鸳鸯瓦[1]

译文

十一月的滇南云幕低垂,笼罩四野。漕溪寺里的梅花开了。绿色的花萼,嫩黄色的花蕊,香气追赶着马儿,游人们带着翠玉酒杯。

站在墙头上买酒,在桥头上一饮而尽。江上刚刚冻结,晚上明月高悬。张志和"青箬笠,绿蓑衣"的句子用在此处真好呀,贴切得就像画下来一般。霰雪如天上的仙女要降临人间一般,飘飘洒洒落在屋上的鸳鸯瓦上,如玉雕的鳞片,就像用画中皴法所绘。

解说

这是杨慎在滇南的作品,一组十二首,分别咏十二个月的风景民俗,此为第十一首。

上阕写白天。头一句用"云幕野"总括十一月的滇南,"云幕"即低垂如帐幕的云,"野"即旷野,此句从天气和地势出发,展现了滇南冬日的爽朗气象。接着写漕溪寺的梅花,词人一句"梅开也",透着见花开的兴奋与惊艳。漕溪寺的梅花开得最好,每到十一月众人就相约去寺中赏梅。词人用"绿萼黄须香趁马"描摹之,前四字说的是形色,可知花萼是绿色的,花蕊是嫩黄的。绿萼梅颜色清新素雅,最有风致,宋人姜夔有《绿萼梅》诗,以美人绿珠比拟,此处则特别强调了其香气,"香趁马"言仅仅骑马从树边经过也能闻到馥郁的芬芳。为了观赏这

---

1 鸳鸯瓦:指成对的瓦。

绿萼梅，人们结伴而来，词人仅用"携翠斝"三字写游客，以酒杯提示花下饮酒，以花下饮酒提示游兴之高、气氛之欢乐。

下阕写夜晚。接着上阕最后的"携翠斝"，下阕从沽酒、饮酒写起。站在"墙头"沽酒，在"桥头"一饮而尽，颇为新奇。桥头饮酒是为了赏月，"江上明蟾初冻夜"一句说明滇南气候温暖，到十一月中旬，夜间才刚刚上冻。接着明用张志和的"渔蓑句"，即脍炙人口的"青箬笠，绿蓑衣"，认为这两句用在此时的江上最为贴切，美景如画一般。最后写了一场雪，用拟人的手法，把雪比作"青女素娥"自天而下，霰雪洒在鸳鸯瓦上，如玉鳞，像用画中皴法所绘，这比喻与前面"真堪画"相呼应。

此词把滇南的十一月写得如诗如画、美不胜收，表现了词人对此地非常熟悉，且怀有深厚的感情。

明·蓝瑛
澄观图册·其四

十一月十日海云[1]赏山茶

宋·范成大

门巷欢呼十里村,腊前风物已知春。

两年池上经行[2]处,万里天边未去人。

客鬓[3]花身俱岁晚,妆光[4]酒色[5]且时新。

海云桥下溪如镜,休把冠巾照路尘。

译文 方圆十里的村子,门庭里巷都充满欢呼声,腊月还没到,景物已有春天的气息。这两年在海云池上经行的,是我这个万

---

1 海云:山名,也是寺庙名、水池名、桥名。
2 经行:佛教语。谓旋绕往返或径直来回于一定之地。
3 客鬓:旅人的鬓发。
4 妆光:盛装的容貌。
5 酒色:酒容,醉态。

里之外的羁旅之人。这山茶花的开放已近岁末，而我斑白的头发显示已到了人生晚景，花朵盛装的面貌和我酒后的醉态倒挺新颖的。海云桥下的溪水就像镜子一样，还是不要照见我冠巾上的一路风尘吧。

解说　　此诗当作于范成大任敷文阁待制、四川制置使，知成都府期间。这是一首纪游诗，记录了在海云寺赏山茶花之事。

诗写的是"赏山茶"，却并没有直接写茶花本身。首联从民众的反应起手，说方圆十里的村子，门庭里巷都充满欢呼声，侧面烘托山茶的艳丽。接着说"腊前风物已知春"，即山茶在腊月前就充盈着春的气息，其美自不待言，这仍是侧面烘托的手法。

颔联一笔宕开，写到诗人自身，说自己来成都为官已经"两年"了，经常在海云寺的"池上经行"。"万里天边未去人"的"万里"则是巴蜀之地距离诗人故乡的距离，两句合在一起，诉说了离家远且日久的客愁。

颈联又接着写山茶花。接着上一联倾诉的客愁，一句"客鬓花身俱岁晚"自然而然从人过渡到花，但写花仍是在写人。这花开放在仲冬时节，已近岁末，而客居异乡的诗人两鬓斑白，已近人生的晚景。这样说，颇有些落寞的感觉了，但诗人笔锋一转，"妆光酒色且时新"，把花比作美女，"酒色"则是诗人饮酒后红润的双颊，诗人风趣地说两者都挺新颖的，一下子就把诗的调子又带回到欢乐喜庆上来，但与开头相较，已经不是那种单纯的欢乐，而是乐中有苦味，苦中可作乐。

尾联顺着"妆光酒色"而言，把"海云桥下"的溪水当作

清·邹一桂 白梅山茶图

一面镜子，却并不欲照见"冠巾"上的一路风尘。"路尘"象征着诗人的仕途，他既曾在朝为官，又曾出使异国，还曾远仕交广，经历非常丰富，但在此时，他不愿去回想这一切，只想好好享受这与民同乐的时光。

四季诗书·玄英

仲冬之月

十一月十一日夜步行中庭月色明甚作诗三绝（其一）

宋·周紫芝

周紫芝（1082—1155）

字少隐，号竹坡居士，宣城（今安徽省宣城市）人。南宋诗人、词人。

家境贫寒，自幼勤学苦读，宋高宗绍兴十二年（1142）中进士。在中央先后任多职，后出知兴国军（治所在今湖北省阳新县），又退隐于庐山。

周紫芝在诗歌创作上成就较高，风格清新自然，词作亦清新婉丽。有《太仓稊米集》《竹坡诗话》《竹坡词》等传世。

冰轮渐出海西头，身在三吴近海州。
赖有梅花管羁客[1]，细分疏影[2]上驼裘[3]。

译文 一轮冰魄般的皎月从海西方向升起，我此时正在三吴之地，靠近海州。好在梅花还照管我这羁旅之人，细细地将她疏朗的身影投在我的衣上。

1　羁客：旅客，旅人。
2　疏影：疏朗的影子。
3　驼裘：用驼绒制成的衣裳。王安石《送丁廓秀才归汝阴》诗之三："风驶柳条乾，驼裘未胜寒。"

狗吠深巷中 雞鳴桑樹巔

清·石涛
陶渊明诗意图册·其四

解说	这是周紫芝游历三吴时所作，描写了冬季月夜的美景。

诗人一开始就用"冰轮"来形容月亮，然后才交代月出之处和自己赏月之处，诗人一下子被"月色明甚"吸引，不自觉

抬头观月，然后才去想自己身在何处、月色为何如此明亮。诗人连用了三个地名——海西、三吴和海州，就是要用地名提示自己所处之地近海，让读者联想到"海上生明月"，提示月色如此明亮，是得益于海风吹拂下空气特别清新。

一旦意识到自己"身在三吴近海州"，形单影只，离家千里，客愁不由得袭上心头，好在梅花就像同情"羁客"一般，"细分疏影上驼裘"，细细地将她疏朗的身影投在诗人衣上。后两句没提月光，其实仍在写月光，提"羁客"这一身份是为了写梅花，而写梅花"细分"影子，是为了表现月光，只有月光特别明亮的情况下，梅花的影子才能如此清晰地映照出来。"疏影"一词借用林逋的名句"疏影横斜水清浅"，暗寓着下一句"暗香浮动月黄昏"的"月"，但这月要明亮得多，所以特别强调"细分"，即影子的清晰。

此诗自然流畅，如随口道来，其实处处皆有精妙的构思。

十一月十二夜梦南冠[1]旧友感泣有赋

宋·马廷鸾

马廷鸾(1222—1289)

字翔仲,号碧梧,饶州乐平(今江西省乐平市)人。南宋末年大臣,著名史学家马端临之父。

淳祐七年(1247)赴京参加乙未科省试,获进士第一。长期在中央任职,官至右丞相兼枢密使。但因与贾似道不合,自请罢政。宋亡,拒绝与元政权合作,居家十余年去世。

马廷鸾工文辞。著作繁多,今多失传。清四库馆臣辑出《碧梧玩芳集》二十四卷。

麦秀[2]渐渐禾黍新,清宵[3]梦断[4]泣遗民[5]。
只怜肝脑[6]输宗社[7],不负当年第一人[8]。

1 南冠:春秋时楚人之冠。《左传·成公九年》:"晋侯观于军府,见钟仪,问之曰:'南冠而絷者,谁也?'有司对曰:'郑人所献楚囚也。'"后世借用以指囚犯。
2 麦秀:"麦秀"句用"黍离之悲"的典故。《史记·宋微子世家》:"箕子朝周,过故殷虚,感宫室毁坏,生禾黍,箕子伤之,欲哭则不可,欲泣为其近妇人,乃作《麦秀之诗》以歌咏之。其诗曰:'麦秀渐渐兮,禾黍油油。彼狡童兮,不与我好兮!'"
3 清宵:清静的夜晚。
4 梦断:犹梦醒。
5 遗民:亡国之民,前朝留下的老百姓。
6 肝脑:肝与脑,借指身体或生命。
7 宗社:宗庙和社稷的合称。可借指国家。
8 第一人:指才能、德行、姿容等方面最好的人。亦可指科举中式名列第一者。此诗中当指文天祥,宋理宗宝祐四年(1256)状元。

译文 　　清静的夜里,从梦中惊醒,想起《麦秀之诗》,不由得为包括我在内的遗民哭泣。我梦到老友为了国家肝脑涂地,不愧是当年的状元郎。

解说 　　此诗当为宋亡后所作,缘由是梦到了老朋友文天祥,诗中充满了黍离之悲和身世命运沉浮之感。

　　第一句"麦秀渐渐禾黍新"用箕子作《麦秀之诗》的典故,暗示南宋已经灭亡,"新"字尤需注意,暗示亡国之事近在眼前。"清宵梦断泣遗民"言作诗的缘由,诗人没有立刻讲出所梦到的人,而是说在夜里梦中惊醒之时,为包括自己在内的遗民哭泣。

　　后两句说出所梦之人。"肝脑输宗社"表明此人是为了国家社稷而死,并非年老死于床箦。而他这种为国捐躯的行为"不负当年第一人",即不愧对他"第一人"的身份。再加上诗题所言"南冠旧友"这个称呼,符合以上三个条件的只有文天祥。文天祥是理宗宝祐四年(1256)的状元,故称"第一人",他与马廷鸾皆为直臣,交谊深厚,自德祐元年(1275)起一直坚持抗元。后兵败,文天祥被俘,故称"南冠旧友",他被俘后誓死不屈,从容就义,故言"肝脑输宗社"。

　　这是一首民族英雄文天祥的赞歌,情真意切,力透纸背。

清·石涛
赠刘石头山水图册·其一

元丰七年十一月十三日与几先[1]自竹西[2]来访庆老不见得与徐君卿供奉[3]蟾知客[4]东阁道话[5]久之惠州追录

宋·苏轼

卷卷[6]长廊走黄叶,席帘垂地香烟歇。
主人待来终不来,火红销尽灰如雪。

1 几先:杜介的字。杜介是苏轼好友。
2 竹西:寺名,在扬州。
3 徐君卿供奉:生平不详,供奉为职官名,宋时设东、西头供奉官,为武职阶官。
4 知客:佛寺中专管接待宾客的僧人。
5 道话:谈话。
6 卷卷:干枯蜷曲貌。

译文 　　干枯蜷缩的黄叶在长长的走廊上贴地而走，竹编的帘子垂到地面，殿上燃的香火也消歇了。主人将来却最终没来，红红的炉火燃尽，只剩下如雪一般白的灰烬。

解说 　　此诗的创作缘由，如题所示，是元丰七年（1084）仲冬时节与友人一起访友不遇，却在寺庙中与另一位友人及知客僧聊了很久。诗题较长，断句如下：元丰七年十一月十三日，与几先自竹西来访庆老，不见，得与徐君卿供奉、蟾知客东阁道话久之，惠州追录。

　　前两句写寺庙中的景象。"卷卷长廊走黄叶"是倒装句法，"卷卷"即干枯蜷缩之状，形容的是"黄叶"，为了平仄需要放到了"长廊"前面，一个"走"字写出了枯黄落叶被风吹着沿走廊贴地而行的样子。"席帘垂地香烟歇"则表现了寺中的冷清，可能因为天寒，香客很少，故而帘幕垂下，大殿上的香火也熄灭了。这两句看似写环境，其实是侧面写人的感受，诗人访友却不见友至，感到百无聊赖。

　　后两句点明主题。"主人待来终不来"呼应题中的"访庆老不见"，所等的人最终并没有来。"火红销尽灰如雪"则呼应题中"与徐君卿供奉蟾知客东阁道话久之"，"火"当是东阁中取暖或烹茶的炉火，聊得太久，炉火已经熄灭，只剩下"如雪"的炉灰。诗人在冬日来到清静的寺庙中访友，表现了诗人的悠闲状态。与僧人畅聊佛法、人生，联系苏轼的人生经历来看，多少表现出对现实政治的失望，有遁世之想。

明·董其昌
仿宋元人缩本画及跋册·其二十二

仲冬之月

十一月十四夜发南昌月江舟行四首（其二）

清·陈三立

陈三立（1852—1937）

字伯严，号散原，江西义宁（今江西省九江市修水县）人。湖南巡抚陈宝箴之子，"维新四公子"之一。清末民初诗人。

光绪十五年（1889）中进士，曾参加强学会。他积极推行新政，结交维新志士，戊戌政变后，以"招引奸邪"之罪被革职。清亡后以遗老自居，后以日军占领北平，绝食五日而卒。

陈三立善诗，是近代同光体赣派的领袖。有《散原精舍诗》《散原精舍诗续集》《散原精舍诗别集》传世。

露气[1]如微虫，波势如卧牛。
明月如茧素[2]，裹我江上舟。

译文 霜露之气就像许多微小的飞虫，波浪之势如同一头头耕牛躺卧。明亮的月光像生绢一样，把我所乘的江上小舟包裹。

解说 此诗作于光绪二十九年（1903），陈三立仲冬时节从南昌去往南京，夜宿舟中，作诗描绘了江上夜景，同题四首，这是第二首。

1 露气：霜露之气。
2 茧素：一种供书画用的生绢。

明·蓝瑛
仿宋元山水册页·其八

　　此诗连用三个比喻，前三句皆"××如××"的句式，不避重复，形式上极有特点，而所作的比喻更为特别。首句将"露气"比作"微虫"，即将空中的水雾想象成许多小虫飞舞。诗人的观察力与想象力让人佩服，让读者一下子就回想起自己于光下所观水雾的情状。第二句将"波势"比作"卧牛",同样奇特而又贴切生动,那层层推进的波浪,是宽宽的弧形,不就像卧牛宽宽的背脊吗?想人之所未曾想,发人之所未曾发。后两句把"明月"即明亮的月光比作"裹我江上舟"的"茧素",更是奇绝。明亮的月光穿过冬日江上的水雾,散射开来,仿佛成了有形的东西。人在船上,感觉被月光包围,就像被柔软的蚕丝一圈圈包裹起来。诗人将这景象与感受用比喻的手法形象地描绘了出来。

一首诗能有一个前人未曾用过的比喻,已经很难得,此诗却通篇皆是,诚如狄葆贤所说:"奇语突兀,二十字抵人千百。"

仲冬望乍晴风横甚
而窗月破梦有成

明·王世贞

霁月[1] 疏窗分外明,狂风无奈海潮声。
谁能忍冷孤峰[2]宿,坐看[3]沈波洗太清[4]。

译文 明月透过疏疏落落的窗棂,分外明亮。狂风呼啸,却盖不过海潮的声音。如果有谁能忍受寒冷,在那高耸的山峰上住宿,很快就能看到滔天的波浪洗濯天空的奇景。

1 霁月:明月。
2 孤峰:孤立高耸的山峰。
3 坐看:犹行看,旋见。
4 太清:天空。《鹖冠子·度万》:"故其德上及太清,下及太宁,中及万灵。"陆佃注:"太清,天也。"

解说　　诗题断句应为：仲冬望乍晴，风横甚，而窗月破梦，有成。即仲冬十一月的望日（十五日），天忽然晴了，风很大，窗外的月亮非常明亮，睡不着时所作。

前两句点题。"霁"为晴意，用来形容"月"，非常贴合诗题所言乍晴而月现。"霁月"与"疏窗"连言，点题中"窗月"，"疏窗"通常指雕镂花纹的窗子，空隙较大，故而言"分外明"。"狂风"点题中"风横甚"，风虽大，可风声却掩盖不了风卷"海潮"之声，可能"狂风"自己也没有预料到会让海潮翻滚产生如此大的响声，用"无奈"一语，增添了拟人的色彩。

后两句用假设去描写想象中的海涛。诗人想象着如果有人能忍受寒冷在那高耸的"孤峰"上住宿，那么他就能看到"沈波洗太清"即滔天的波浪洗濯天空的壮观景象。以浪涛洗濯天空形容浪涛之高，是夸张的手法。这样的景象当然只能在日出后看到，所以诗人用"坐看"一词实际上表示离天亮不远了，如此则整夜未睡，暗点了题中"破梦"一语。

此诗表现方式较为奇特，自然流畅，一气呵成，却又颇见匠心。

明·陆治
雪后访梅图

晚酌示藏用诸友
（其十）

明·陈献章

陈献章（1428—1500）

字公甫，别号石斋，人称白沙先生，后世尊为"圣代真儒"，广州府新会县白沙里（今广东省江门市蓬江区白沙街道）人。明代著名思想家。

正统十二年（1447）乡试中举，次年入国子监。会试屡试不第，于是回乡聚徒讲学，影响甚大，后被举荐入京，称病延期不至。

陈献章创立了岭南学派，是理学史上"心学"的提出者。其诗歌奠定了明代性灵诗派的创作风格。有《白沙诗教解》《白沙集》传世。

十一月梅开满溪，探花[1]长是被花迷。
岩前老树藤缠杀，路上横枝竹扫低。
香动酒卮[2]羌欲歃[3]，影留山月不堪提。
逋仙[4]此意还真否，笑指江门[5]屐底泥。

1　探花：看花或采花。
2　酒卮：盛酒的器皿。
3　歃：用嘴吸取。
4　逋仙：对宋人林逋的美称。林逋隐于西湖孤山，不娶，种梅养鹤以自娱，人谓之"梅妻鹤子"，后世常以"逋仙"称誉之。
5　江门：西江入海处，就在诗人所居白沙村附近。

明·蓝瑛
仿宋元山水册页·其十

译文　　十一月里梅花开满了溪畔，寻芳总是迷失在花丛中。山岩前的老树被藤蔓紧紧缠住，小径上处处是低低拂过的横伸竹枝。酒香勾得羌人也想来痛饮，山月的影子留在酒杯中捞不上来。若问是否还怀着林逋一般的志意，笑指鞋底江门的泥土作为回答。

解说

此诗当是陈献章中年退隐家乡后的作品，描写了冬天的山景和山居生活的美好。

首联写梅花盛开。"满溪"言梅花之多，且多在溪边，临水照影，风姿绰约。在这样的季节，诗人时常去探寻梅花的芳踪，却因为花太多，反倒为花所迷。"探花长是被花迷"一句从赏花的角度折射出山居生活的清闲与自在。

颔联写树木。"岩前老树藤缠杀"写的是山间藤缠树的景象，"缠杀"形容藤蔓缠绕之形态遒劲，像紧紧捆住老树一般，将静景写得动感十足，且有口语特点，饶有趣味。"路上横枝竹扫低"一句写走山路穿竹林而过，竹枝横于路上，一方面说明竹林的茂密，另一方面也说明此地人迹罕至。以"竹扫低"对"藤缠杀"，极工整，极巧妙。

颈联写山居生活。首先是饮酒，酒香四溢连山中的少数民族都想过来畅饮，以"羌欲歃"表现酒香，造语新奇，言人所未言。"影留山月不堪提"则是醉态，且说明自己是在把酒赏月，点了题中"晚酌"二字。

尾联用林逋自比，呼应了首联的梅花。林逋的"梅妻鹤子"，是淡泊名利、洒脱自在、痴于林泉的代表，"逋仙此意还真否"是自问，问自己是否还怀着林逋一般的志意，"笑指江门屦底泥"是不答之答，用鞋底的泥土说明自己镇日寻幽览胜，乐此不疲，对山居生活哪有厌倦呢？

此诗工而不刻意求工，平淡而又内蕴波澜，很能代表陈白沙的诗歌创作风格。

十一月弇园[1]红梅盛开偶成

（其一）

明·王世贞

仲冬垄梅发，繁英[2]簇[3]红霞。
过意[4]百花魁[5]，翻[6]疑百花殿[7]。

译文 仲冬时节垄上的梅花开了，繁盛的花朵像红色的霞雪丛聚在一起。这花过分看重"百花魁首"的称号，反而让人疑惑是百花的殿后者了。

1. 弇园：园林名，在今江苏省苏州市太仓市。
2. 繁英：繁盛的花。
3. 簇：聚集，丛凑。
4. 过意：过分看重。
5. 百花魁：百花的魁首，指梅花。
6. 翻：反而，却。
7. 殿：最后，在最后。

清·金农
梅花图

解说　这是一首咏梅诗，是在仲冬十一月咏苏州弇园的红梅。同题两首，此为第一首。

首句开门见山，点出所咏之物，即仲冬刚发的"垄梅"。"垄梅"犹言"野梅"，自然生长而非人工栽培。诗人用"繁英簇红霰"描述，把繁盛的花朵比作丛聚在一起的红色霰雪，是一个新颖的譬喻，发前人所未发。

全诗仅"繁英簇红霰"是对红梅的正面描写，后两句用拟人的手法，揣摩梅花的"心理"，说它过于看重"百花魁"的名头，想做一年中开得最早的花，却操之过急，开在了上一年的冬天，反而被人"疑"为"百花殿"即开得最迟的花了。一下子就把梅花写活了，妙趣横生。

写梅花的诗，自古数不胜数，名篇佳句甚多，要想写出新意，必须别出心裁，此诗就是一个例子。

巴陵[1]夜别王八员外[2]

唐·贾至

> 柳絮飞时别洛阳,梅花发后到三湘[3]。
> 世情已逐浮云散,离恨空随江水长。

贾至（718—772）

字幼邻,洛阳（今河南省洛阳市）人。唐代诗人。

天宝元年（742）进士及第。历仕玄宗、肃宗、代宗三朝,大历年间任兵部侍郎、右散骑常侍,卒于任上,获赠礼部尚书,谥号文。

散文创作与独孤及齐名,诗与李白、杜甫、岑参、王维等人唱和。《全唐诗》存其诗一卷,《全唐文》存其文三卷。

译文　柳絮飘飞的暮春时节离开洛阳,梅花开放的隆冬才到达三湘。用世之情已随浮云散去,离别之恨却像江水一样悠长。

解说　此诗当作于唐肃宗乾元二年（759）,贾至从汝州刺史任上被贬为岳州司马,而友人王八员外被贬赴长沙,诗人送别友人于巴陵,作诗赠之。

1　巴陵：即岳州,今湖南省岳阳市。
2　王八员外：生平不详,员外即员外郎的省称。
3　三湘：潇湘、蒸湘和沅湘。这里泛指湘江流域,洞庭湖南一带。

雲錦淙

靈漑草堂圖李龍眠　　
舊本今在京口張修羽家　　
未敢傳寫且閑倣雲鶴　　
法一幅千此　　玄宰

明·董其昌
仿古山水·其九

前两句写空间与时间两方面的距离，空间是从"洛阳"到"三湘"，时间是从"柳絮飞"的暮春到"梅花发"的冬日。写空间的距离是为了突出境遇的落差，而写季节的更替，即从温暖的春天到寒冷的冬天，也是为了表现诗人的境遇，从高处跌至低谷，从中原一路贬到偏远的湘江边。

后两句用"世情"与"离恨"形成对照，"世情"这个词通常用来表示世态人情，在这里则更为具体，应是指用世之情，即在政治上有所作为的情志。诗人先被排挤出京，又被贬到偏远地区，近年来一连串的厄运，让他颇感灰心，所以说"世情已逐浮云散"，表示自己已经灰心，不复汲汲于功名。与此相对照，友谊则是天长地久的，末句"离恨空随江水长"，用湘江之水比喻离恨的悠长，在与"世情"的对照中烘托了赠别的主题。

此诗虽作于诗人落寞之时，却节奏明快，词句流畅，情真意切，在赠别类作品中确为上品。

邯郸冬至夜思家

唐·白居易

邯郸驿[1]里逢冬至,抱膝灯前影伴身。
想得家中夜深坐,还应说着远行人。

译文 在邯郸的驿站里过冬至,灯前抱膝而坐,只有影子陪伴。想来家人今夜也一定迟迟不睡,相互谈论着远行在外的我。

解说 冬至在唐代就已经是一个重要节日,朝廷放假,有各种庆祝活动,家家户户欢聚一堂,穿新衣,吃美食。这一年的冬至,诗人却偏偏公务在身,奔波于外,住在邯郸的一个驿站里。这样的时间,这样的地点,写诗抒怀,抒发想家的心情。若按寻常诗来写,无外乎是用不同方式表达对家人的思念,表

1　驿:驿站。古代供官差中途休息而设的地方。

明·张路
神仙图册·其十八（局部）

达不能与家人共度佳节的遗憾，大多是从"我"的角度出发的。此诗则思路巧妙，设想家人的感受，在想象中形成与家人双向的情感互动。

前两句说自己的处境，独自在驿站里过节，"抱膝"是说寒冷，人在觉得冷的时候，会尽量蜷缩身体，抱膝就是一个常用的御寒姿势。"影伴身"则是说孤单，无人做伴。在描述了这样一个冷冷清清凄凄惨惨戚戚的场景后，大部分诗接下来表达的都是自哀自怜的情绪。而诗人却笔锋一转，从家人的角度设想，在这样的夜里，家人一定在聊"我"吧。这样一想，这样一写，就像大雪纷飞的寒夜里忽然看见灯光亮起，内心深处不禁涌起暖意。这不就是家人带来的慰藉吗？即便不在身边，每一想起，也会觉得暖暖的。

玄英

节气介绍

冬至

冬至是二十四节气之一,此日太阳直射点到达南回归线,昼最短夜最长,每年的农历日期则并不固定,通常在十一月中旬。古人将冬至为始的十五天分为三候:"初候蚯蚓结,二候麋角解,三候水泉动。""蚯蚓结"是说阴气极盛,土中的蚯蚓蜷缩不出。"麋角解"是说麋鹿开始换角。"水泉动"是指随着阳气的增长,山中泉水汩汩流动。冬至也是一个重要的传统节日,民间甚至有"冬至大如年"的说法。

冬至祭祖的习俗,可以追溯到周代,因为周代建子,以十一月为岁首,正与冬至相近。孟元老《东京梦华录》记载了南宋时期的冬至:"十一月冬至。京师最重此节,虽至贫者,一年之间,积累假借,至此日更易新衣,备办饮食,享祀先祖。官放关扑,庆祝往来,一如年节。"其中就有"享祀先祖",还提到冬至跟过年一样要做新衣服穿,准备各种饮食。

冬至过了就进九了,天气寒冷,所以食俗多与祛寒保暖有关。北方主要是吃饺子,有"消寒"的寓意,俗谚曰:"冬至不端饺子碗,冻掉耳朵没人管。"江南则多吃汤圆,取"圆满"之意。

四季诗书·玄英

仲冬之月

状江南[1]·仲冬

唐·吕渭

江南仲冬天,紫蔗[2]节如鞭[3]。
海将盐作雪,山用火耕田。

吕渭(735—800)

字君载,河中(今山西省永济市西)人。唐代诗人。

玄宗天宝年间登进士第,肃宗时在越州避难。仕途几经沉浮,德宗贞元年间迁中书舍人,十年(794)授礼部侍郎,后出为湖南观察使,卒于任上。

吕渭善诗,精通音律。《全唐诗》录存其诗五首、联句二首,《全唐诗补编·续拾》补入联句八首。

译文 江南的仲冬时节,粗壮的紫色甘蔗一节一节就像钢鞭。大海用盐造了大片的雪地,山用火焰辟出可耕之田。

解说 此诗当作于吕渭在越州时,描写了浙东冬天的景观与民俗。

首句即点题,言明所写的是江南的仲冬天,然后抓住一个典型物象加以表现,即"紫蔗"。诗人用钢鞭形容皮色深紫的成熟甘蔗,表明了甘蔗的粗壮,即品种优良。

1 状江南:唐代的一种五言绝句形式。
2 紫蔗:紫色的甘蔗。甘蔗成熟时表皮为深紫色。
3 鞭:这里指钢鞭,一种兵器,铁制有节,无锋刃。

清·王鉴
湘碧居士仿古册·其四

后两句所言则更有地域特点。浙东近海，气候温暖，冬季少雪。大片铺在地上的海盐像雪一样白，远远看去像是雪地，这也是冬日里最容易产生的联想，所以说"盐作雪"。浙东多丘陵而少平地，当地人多依山开垦梯田，开垦之前往往先烧荒，将山坡上的草木烧掉，所以说"火耕田"。诗人将"海"与"山"提到句首，提示了这是浙东人民自古以来依据自然条件而形成的生产生活方式，即所谓"靠山吃山，靠海吃海"。

诗人身为北方人，将自己仲冬时节在江南见到的新鲜景象写进诗里，恰恰能把握住江南之冬的特点，这是当地人日在其中反而不能发现的。

九年十一月二十一日感事[1]而作

(其日独游香山寺[2])

唐·白居易

祸福茫茫[3]不可期,大都早退[4]似先知。

当君白首同归[5]日,是我青山独往时。

顾索素琴[6]应不暇,忆牵黄犬[7]定难追。

麒麟作脯龙为醢,何似泥中曳尾龟[8]。

1 感事:因事兴感。
2 香山寺:寺名,在河南省洛阳龙门山上。白居易有《修香山寺记》,其中曰:"洛都四郊,山水之胜,龙门首焉;龙门十寺,观游之胜,香山首焉。"
3 茫茫:渺茫,模糊不清。
4 早退:提前隐退。
5 白首同归:用石崇、潘岳同时赴死的典故。石崇、潘岳都被孙秀陷害,同日被捕,先后被押往菜市场处死,石崇看到潘岳,惊讶发问"安仁,卿亦复尔邪?",潘岳就引用自己曾经写的一句诗"白首同所归"来回答,表示与石崇一起死。
6 顾索素琴:用嵇康临刑的典故。嵇康因触犯司马氏而被处死,临刑要人给他拿了一张琴,奏《广陵散》,一曲终了感叹此曲从此无人会弹了。
7 忆牵黄犬:用李斯临刑的典故。李斯被赵高陷害,下狱论死,临刑前对他的儿子说:"我想和你再一起牵着黄狗从上蔡东门出城打猎,哪有机会了呢?"
8 曳尾龟:曳尾涂中之龟,比喻甘贫贱而全身者。典出《庄子·秋水》。

明·李在
圯上授书

译文　　世事祸福相依，渺茫不可预料，大都是提早隐退的人看起来像已先知晓了一般。当你们一头白发被押往刑场的时候，正是我独自在青山绿水中往来之日。等到大难临头，恐怕顾不得像嵇康那样索要古琴，像李斯那样想起牵着黄狗打猎的时光也已经晚了。麒麟被制成干肉，龙被剁成肉酱，就不如那在污泥中撒欢的龟。

解说

此诗诗题明确提到"九年十一月二十一日",这个"九年"即唐文宗太和九年（835）,而这一年的十一月二十一日正是"甘露之变"发生日,当时白居易在洛阳,诗题自注言那一天正"独游香山寺"。长安发生的大事,传到白居易耳中,需要时日,所以此诗并非当天所写,而是事后追记,诗题的"九年十一月二十一日感事而作"当按"感九年十一月二十一日事而作"理解。

首联感慨祸福难期,当早寻退步。《道德经》中说："祸兮福之所倚,福兮祸之所伏。"诗人对此体会很深,故说"早退似先知",意味着历史上那些早早隐退从而全身远祸的人,看似有预知祸患到来的能力,其实不过是深刻认识到世事无常、恋栈不去则祸患迟早会到来而已。白居易自从因言被贬为江州司马之后,就急流勇退,避长安而居洛阳,所以没有被卷入后来政治事变的旋涡,这就是"早退似先知"。

颔联用石崇、潘岳同日赴死的典故,与"青山独往"的逍遥自在相对比。事变当日,李训、王涯、舒元舆、贾𫗧这"甘露四相"同日遭戮,一如石崇、潘岳同日赴死,而诗人此时正独自在香山寺游览,故言"青山独往",这也含有隐遁之意。白居易虽时任太子少傅分司东都,封冯翊县侯,名义上并没有离开官场,但实际上已经远离政治中心,处于半隐退状态,在香山寺的时间恐怕比在衙门还长。

颈联设想被杀诸人的悔意,用了嵇康临刑和李斯临刑的典故。弹琴是嵇康的日常生活,牵黄犬猎狡兔是李斯父子的乐事,可到临刑之时都成了奢求,凡此皆是未能知机远遁的例子,李训等人亦是如此。

尾联又用"麒麟""龙"的不幸遭遇,和"泥中曳尾龟"作对比，进一步强调了"早退"的重要。"曳尾龟"用的是《庄子·秋水》中的典故，原文就是用"死为留骨而贵"与"生而曳尾于涂中"作对比，表达了对自由的珍视和对卷入政治斗争的拒绝，这也正是诗人用此典的意旨所在。

此诗以当时人言当朝事，不便直陈，故多用典故，用得皆非常贴切巧妙。牵涉的古人事迹虽多，意旨却简单而明确。这首诗不仅仅表现了诗人明哲保身的态度，也包含着诗人对现实政治积弊难改的洞察。

壬子仲冬上京族中弟侄送过石门而别(其二)

明·祁顺

> 祁顺(1434—1497)
> 字致和,号巽川,广东东莞人。
> 天顺四年(1460)中进士,授兵部主事,迁户部郎中,出为江西参政,谪石阡知府,迁山西参政,进江西布政使。成化中曾出使朝鲜,不受金缯,拒声伎之奉。
> 有《石阡府志》十卷、《巽川集》十六卷传世。

南北舟中两渺茫[1],相思情与海天[2]长。
隔篷侵晓[3]闻人语,犹讶诸君在耳傍。

译文 在船中南望北望皆是苍茫辽阔,对家人的思念像大海与天空一样长。拂晓醒来听到船篷之外有人说话,还惊讶诸位仍在身边。

1 渺茫:辽阔貌。
2 海天:大海与天空。
3 侵晓:拂晓。

明·唐寅
金昌送别图（局部）

解说　　这是一首记述初离家乡时心情的诗，表现了对家人深深的眷念。诗人从家乡出发，坐海船北上京城，家族中的弟弟与侄子们一直送到海边石门才分别。

前两句写刚刚分别后的心情。船已出发，诗人呆坐舟中，往南望去，是一片茫茫波涛；再向北望，同样是一片茫茫波涛，故言"南北舟中两渺茫"，这是倒装，因为平仄需要，将"南北"置于"舟中"之前。虽然刚刚离家，诗人却已"相思情与海天长"了，这恰很合理，刚刚与亲人分别，又是在舟中百无聊赖，回想起刚刚送别的不舍，情绪自然落寞，很多人都有过类似的感受。

后两句写第二天拂晓时分的情形。诗人清晨将醒未醒之时，蒙眬中听到隔着船篷有"人语"，恍惚间还以为送行的亲人仍在身边，一时颇感惊讶。从一个非常新颖的角度表现了自己尚未适应旅途，心仍在亲人身边，令人读来为之动容。

此诗善于捕捉和表现细微的心理，语言平易朴实，感情真挚，在表现送别的诗歌中是很有特点的一首。

四季诗书·玄英

仲冬之月

戏效¹十二月吴江²竹枝歌³（其十一）

明·顾清

冬半吴江水未坚，芦花枫叶尚依然⁴。
沙头⁵一派⁶天书字，知道鸿飞若个⁷边？

顾清（1460—1528）

字士廉，号东江，南直隶松江府华亭（今上海市松江区）人。明代诗人。

弘治六年（1493）中进士，授编修，后升侍读。后因不附刘瑾，出为南京兵部员外郎。嘉靖初，以南礼部尚书致仕。嘉靖七年（1528）卒，终年六十八，谥文僖。

顾清诗文兼善，诗歌清新婉丽，还擅长书法，对民生经济亦多研究。有《东江家藏集》《傍秋亭杂记》等传世。

1 原诗题为《旧有诵十二月吴江竹枝歌者戏效之得三首而止十一月廿三夜不寐因足成之诗成梦乘马上曲磴地名湖塘遇小儿杜姓者同行论处世之道甚悉》，因原题过长，故缩略之。
2 吴江：吴淞江的别称。又为地名，即今江苏省苏州市吴江区。
3 竹枝歌：乐府《近代曲》名，即"竹枝词"。本为巴渝（今四川省东部）一带民歌，唐诗人刘禹锡据以改作新词，歌咏三峡风光和男女恋情，盛行于世。
4 依然：随风摇摆之状。
5 沙头：沙滩边，沙洲边。
6 一派：一片。
7 若个：哪个，何处，什么。

译文　　冬天过了一半，吴淞江的水尚未结冰，芦花和枫叶仍随风飘舞。沙滩上一片天书字迹，有人知道鸿雁飞去哪里了吗？

解说　　此诗原诗题当如下断句：旧有诵十二月吴江竹枝歌者，戏效之，得三首而止。十一月廿三夜不寐，因足成之。诗成，梦乘马上曲磴，地名湖塘，遇小儿杜姓者同行，论处世之道甚悉。说明这是拟民歌的作品，"十二月吴江竹枝歌"是吴江一带的民歌，一组十二首，一月一首，诗人仿作，本来只写了三首，十一月二十三日夜里睡不着，补写了九首，写完睡觉还做了奇怪的梦。这首是其中第十一首，咏的是十一月。

前两句写长江下游气候温暖的景象。冬天已经过了一半，按说正是寒冷的时候，吴淞江的水却还没有结冰，"水未坚"表示没结冰，用《易经·坤卦·初六爻辞》"履霜，坚冰至"。"芦花枫叶"则是江边的景物，两者都"尚依然"，即随风摇摆，说明芦苇尚未枯，而枫树的叶子并未落尽。这两句描绘了吴淞江的美景，并没有因为是隆冬季节就萧条下来。

后两句虚写鸿雁。"沙头"即近水的沙滩，介于前面所言"江水"与"芦花枫叶"之间。沙滩上留下了鸿雁指爪之印，诗人形象地用"一派天书字"为喻。虽有印记，鸿雁却不见了踪影，因为大雁南飞是在秋天，此时大雁早已到了过冬地。"知道鸿飞若个边"是问句，以疑问的方式启发人去想象。此句带有明显的口语色彩，是在语言上对民歌的模仿。

清·王翚
仿古山水册·其四

南湖¹十一月二十四夜月

明·谭元春

明月涵²南湖,湖中凫雁³呼。
霜气⁴结乱声,能使明月孤。
明月平湖水,水明光未已。
奇寒欲作冰⁵,冰成寒不止。

谭元春(1586—1637)

字友夏,号鹄湾,别号蓑翁,湖广竟陵(今湖北省天门市)人。明代文学家。

天启七年(1627)乡试第一,屡应会试而不中,后加入复社,被列为"复社四十八友"之一。崇祯十年(1637)入京会试,病卒于旅店中。

谭元春与同里钟惺同为"竟陵派"创始人,提倡诗文抒写性灵,风格幽深孤峭。有《谭友夏合集》二十三卷传世。

1 南湖:一名鸳鸯湖。在今浙江省嘉兴县城东南。湖中有烟雨楼,为当地名胜。
2 涵:沉浸。
3 凫雁:野鸭与大雁。有时单指大雁或野鸭。
4 霜气:刺骨的寒气。
5 作冰:结冰。

山水人物图（局部） 明·蓝瑛

译文　　一轮明月沉浸在南湖中，湖中的野鸭和大雁鸣声相呼。霜冻的寒气似乎让这杂乱的声音也凝结了，明月也显得那么孤单。明月照在平静的湖水上，水面被照亮了，月光仍在挥洒。这奇绝的寒冷想让湖水结冰，可就算结成了冰，寒冷依然肆虐侵袭。

解说

此诗写的是隆冬时节夜泛南湖所见的景色。

首联点题，诉诸视觉和听觉。"明月涵南湖"是目所见，一个"涵"字形象描绘出明月如落入湖水中的景象。"湖中凫雁呼"则是耳所闻，野鸭与大雁为什么在夜里鸣叫相呼呢？或许是因为月光明亮，使它们难辨白日与黑夜，所以这句仍是在侧面烘托"明月"。

颔联写湖上霜雾水汽，突出了夜间的寒冷。在"霜气"中，承上一句所言凫雁相呼的"乱声"都冻"结"了，从而让"明月"显得"孤"单。言寒霜之气连声音都能冻住，已经是很奇特的表述，把这与"明月孤"建立起因果关系，则更是奇绝。

颈联写明亮的月光。"明月平湖水"一句没有动词，仅将明月与平静的湖水并列，但读者可以想见，只有月光明亮才能看见平静的湖水，让人自然而然在心中补出动词，仿佛看到月光照亮了湖水的景象。"水明光未已"则把月光照亮湖面写成一个持续的动态过程，水面已经亮了，可月光仍在投射光线，这实际上写的是月光穿过霜雾之时发生散射，不仅水面明亮，空中亦明亮，这样的亮光包围着舟上的人。

尾联接续颈联的模式而言，描写湖上的"奇寒"。当下的天气冷得仿佛是有意要让湖水结冰一样，但"冰成寒不止"，就算湖水结了冰寒意仍不罢休，继续肆虐，把冬夜水上之寒拟人化，非常形象地表现了夜越深寒冷也越深。

此诗形式上通篇不对仗，前两联押一韵，后两句又押另一韵，是有意识突破常规。诗中屡屡使用"明月""湖"等词，语意亦相互粘连，对景物和感受的描写都非常奇特，很能代表诗人着意求新求变的创作风格。

丁酉仲冬即景十六首
（其五）玉楼[1]吹笛

明·叶颙

叶颙（1300—1383）

字景南，一字伯恺，自号云顶天民，金华府金华（今属浙江省）人。元末明初诗人。

元末隐居不出，至正中自刻其诗，名《樵云独唱》。入明，举进士，官行人司副。后免官居家，授徒甚众。

钱谦益《列朝诗集》曰："集中诗皆高旷之言，绝无及仕宦者。"有《樵云独唱》传世。

天风吹笛落天涯，万瓦霜清月影斜。
惊醒羁人[2]犹自可，江城只怕落梅花[3]。

译文 风将笛声吹落到天涯海角，千万片落满清霜的瓦片在月光下闪闪发亮。这笛声惊醒了我这羁旅之人也就罢了，只怕把这江城里的梅花也吹落了（只是怕听到《梅花落》这首曲子）。

1 玉楼：华丽的楼，亦可指妓楼。
2 羁人：旅客。
3 落梅花：即《梅花落》。古笛曲名。

清·王鉴
湘碧居士仿古册·其十八

解说

叶颙写了总题为《丁酉仲冬即景》的十六首诗，每一首都有小题，这是第五首，以"玉楼吹笛"为题。

前两句写闻笛之夜。首句点题，因为是在楼上"吹笛"，所以笛声乘"天风"飘得很远，甚至可以飘"落天涯"。此句一来表现笛声之动听，二来表现所处环境风声四起似有萧瑟之感。而此时夜已深，夜深的表现：一是"万瓦霜清"，即瓦片上满是清霜，银白一片；二是"月影斜"，当是西斜，即月亮已经朝西方斜斜落下。这两句从视听两个方面营造出仲冬月夜凄清的氛围，为下文做铺垫。

后两句写闻笛而起客愁。"惊醒羁人犹自可"中"羁人"指的是诗人自己，言被笛声惊醒。能被笛声惊醒，说明本来就睡得很轻很浅。下一句"江城只怕落梅花"是一语双关，表面上是说担心江城里的梅花在夜风中凋落，其实是用"落梅花"即《梅花落》这个曲名暗示自己的客愁，说怕笛子演奏的是这首曲子，因为此曲特别能勾起人的思乡之情。其实，这样说的时候，客愁就已经很浓了。

此诗绘景如画，抒情蕴藉含蓄，整体格调与冬季很相配。

丁酉仲冬即景十六首
（其十六）石鼎[1]茶声

明·叶颙

青山茅屋白云中，汲水煎茶火正红。
十载不闻尘世事，饱听石鼎煮松风[2]。

译文 茅屋隐藏在这青山的白云之中，汲水煎茶的炉火正红。十年不闻尘世间的事情，只把石鼎煮茶的声音听个够。

1 石鼎：陶制的烹茶用具。北周庾信《周柱国大将军拓跋俭神道碑》："盘案之间，不过桑杯、石鼎。"可知当时以石鼎为烹茶最常用之物。
2 松风：松林之风。常用来指茶。

明·仇英
松亭试泉图

解说

　　这是叶颙描写仲冬景致的组诗的最后一首，小题为"石鼎茶声"。值得注意的是，他写的并不是茶本身或饮茶之事，而是烹茶之声，新颖有趣。

　　首句先言环境，"青山""茅屋""白云"三者之间是互在其中的关系，茅屋在青山中，白云也起自青山；白云笼罩着青山，也笼罩着茅屋；而山色云气也都进入了茅屋。后一句承此而言，"汲水"当汲自青山白云中，回来"煎茶"，炉"火正红"，烟气水汽也都汇入了白云。在未言茶声之前，这两句就已经表现了景、事两方面之清雅，为写声之雅做了铺垫。

　　后两句写茶声，却先提到与之相对比而言的声音，即"尘世事"，这是诗人"不闻"已"十载"的声音，说明隐居已经十年。在这十年中，"饱听石鼎煮松风"，松风代表了青山的自然之声，一如煎茶之声代表了山中高士清雅的生活，两者都是高尚人格的象征。

　　全诗没有"茶声"二字，却处处给读者展现了隐居听茶声的画面，诚如钱谦益所说，是"高旷之言"，一尘不染。

十一月二十七日步自虎溪至西寺[1]摩挲[2]率更[3]旧碑近览前闻人[4]故游有感而赋

宋·岳珂

岳珂(1183—约1241)

字肃之,号亦斋、东几,晚号倦翁,汤阴(今属河南省)人,岳飞之孙,岳霖之子。南宋史学家、文学家。

理宗绍定六年(1233),因元夕诗被门人韩正伦举报,获罪罢官。嘉熙二年(1238)起为湖广总领。淳祐元年(1241),被言官劾奏罢官,居吴门终老。

岳珂好文学、喜书法,著述宏富。有《愧郯录》《玉楮集》《棠湖诗稿》等传世。

龟趺[5]千丈屹岩峣[6],古寺残僧正寂寥。
律演金轮[7]开印度,字遗石磴[8]说隋朝。
续题剩有名人迹,接畛[9]犹逃劫火[10]烧。

1. 西寺:即东林寺。
2. 摩挲:抚摸。
3. 率更:指唐代书法家欧阳询。曾任率更令,故称。
4. 闻人:有名望的人。
5. 龟趺:碑下的龟形石座。
6. 岩峣:山高峻貌。
7. 金轮:佛教语。佛教用轮宝比喻佛法。
8. 石磴:石级,石台阶。
9. 接畛:连成一片。
10. 劫火:佛教语。谓坏劫之末所起的大火。佛教认为宇宙须经历成、住、坏、空四个阶段,周而复始。

吊古¹未磨今古恨，又携筇策²过前桥。

译文　高大的碑座屹立如山。古老的寺庙里，剩下的僧侣正在静修。此寺讲说的律条创自印度，石阶上残余的字迹是隋朝留下的。历代续有名人的题词，连成一片，幸而没有毁于战火。我凭吊古昔，未能消磨贯穿今古的遗憾，我只能拿着竹杖走过前桥。

解说　此诗的创作背景，诗题记述得很详细，诗人游览庐山，从虎溪走到东林寺，仔细观赏欧阳询所写旧碑，又遍览前人遗迹，有感而作。

首联开门见山，写东林寺。从龟趺底座写起，以"千丈"极言其高，底座犹如此，何况其碑？而这碑又屹立在高山之上，"龟趺千丈屹岩峣"这一句就凸显了古寺的巍峨庄严。然而，与此形成强烈对比的是"古寺残僧正寂寥"，庙里的僧人很少，冷冷清清，香火并不旺盛。一面是令人肃然起敬的规模，另一面是令人唏嘘的萧条现状，让人一下子就体会到历史的沧桑。

颔联接着写东林寺的悠久传统。"律演金轮开印度"言东林寺有直承印度的佛法传承，而"字遗石磴说隋朝"就是悠久历史传统的证明，连石台阶上都留有隋朝的字迹。东林寺始建于

1　吊古：凭吊古昔的人物或事件。
2　筇策：竹杖。

东晋时期，是汉传佛教净土宗的发祥地，所以说它直承印度。隋朝开皇年间，天台宗四祖、实际上的创建者智顗大师息迹东林，对寺庙清规颇有整肃，故而特别提到隋朝的字迹。

颈联写东林寺的名人遗迹。寺庙虽已萧条，但"续题剩有名人迹"，历朝历代的名人都曾在这里题词，可见东林寺历史传承的连续性，并非仅凭一人一事一物"撑门面"的可比。这些名人遗迹多至"接畛"，却都能保存下来，没有被历史上的战乱、天灾等（诗人用佛教名词"劫火"作比喻）毁掉，似乎冥冥中有某种力量保护。

尾联诗人稍稍透露自己游览并作此诗的用意。"吊古"概括前面所述的种种，诗人想用游览东林寺、凭吊古人的方式"磨今古恨"，即消磨历史上和当下的种种遗憾，却未能成功，于是"又携筇策过前桥"，只能继续游历。这一方面是说庐山胜景可游览者尚有很多，另一方面道出了自己内心的深悲大恨是很难消磨的。岳珂身为岳飞之孙，继承了恢复之志，但不仅无望实现，而且就连偏安之局也已风雨飘摇，这是他心中挥之不去的悲愁。

清·王时敏
杜甫诗意图册·其十二

四季诗书·玄英

仲冬之月

黄宗羲(1610—1695)

字太冲,号南雷,浙江余姚(今浙江省余姚市)人。明代著名思想家、史学家、教育家。

曾是复社成员并因此入狱,长期参与抗清斗争。晚年隐居,著书讲学,屡辞征辟,不仕新朝。

黄宗羲学识渊博,与顾炎武、王夫之、唐甄并称"明末清初四大启蒙思想家",有"中国思想启蒙之父"之誉。有《宋元学案》《明儒学案》《南雷文案》等传世。

十一月二十八日大雪

明·黄宗羲

为说他年[1]雨[2]雪时,数番真足系追思[3]。

长安貂帽旗亭[4]酒,樊榭[5]芒鞋古寺诗。

冰柱千寻逢洞口,桃花万树压湖湄[6]。

于今垂老荒村里,布被蒙头不出楣[7]。

译文

说起来当年下雪的时候,有几次真足以令人怀念。曾在都城戴着貂皮帽子痛饮美酒,曾在四明山樊榭穿着草鞋把诗句题

1. 他年:往年,以前。
2. 雨:下。
3. 追思:追念,回想。
4. 旗亭:酒楼。悬旗为酒招,故称。
5. 樊榭:古建筑名,在四明山(位于浙江省东部)。
6. 湄:岸边,水与草交接的地方。
7. 楣:门框上的横木,指代门。

写在古寺墙上。曾在某个洞口见到极长的冰柱，曾在湖边观赏大雪如万树梅花齐开。如今年已老矣，住在荒僻的乡村，冬天就拿布被蒙头而卧，不再想出门。

解说　此诗当作于诗人晚年隐居乡里之时，以大雪为由头，回忆往昔。

诗没有描写眼前的大雪，首联直接切入回忆，讲起"他年雨雪时"，在诗人丰富的经历中只道"数番真足系追思"，像是说书讲故事的"引子"，吊足了读者的胃口。

颔联写了两个场景。一是"长安貂帽旗亭酒"，"长安"代指帝都北京，诗人年轻时曾去过北京，大雪中戴着貂帽在旗亭饮酒，这一场景很能代表北方都市的雪天，展现了年轻时期诗人的意气风发；二是"樊榭芒鞋古寺诗"，与都市繁华截然相反，深处四明山中的樊榭与古寺在冬日里人迹罕至，诗人曾脚踩一双芒鞋，在这里赏雪赋诗。这实际上是诗人在回忆于四明山中坚持抗清的日子。顺治三年（1646），诗人三十七岁，与王翊残部在四明山杖锡寺结寨固守，后失败归家，诗中"古寺"指的应该就是杖锡寺，而此句所描绘的萧条冷落也暗示着抗清斗争渐入低谷。

颈联又写了两个场景。一是"冰柱千寻逢洞口"，"千寻"极言冰柱之长，雪之大、气候之寒冷可以想见，这应该是诗人四处奔走联络各地义军时所见，象征着抗清斗争的严酷。"桃花万树压湖湄"则是在湖边，大雪落在茂密的枝条上，如万树桃花开。这当是康熙初年诗人在东南一带讲学时所见，桃树暗寓着"桃李不言，下自成蹊"。两句一冷峻一热烈，与上一联两

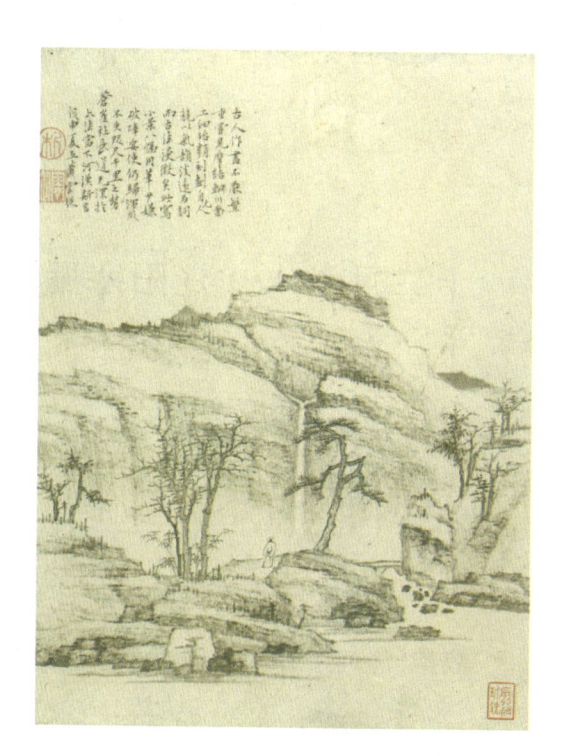

山水册页·其七 清·萧云从

句一样形成鲜明对比。

尾联以现状结束回忆。诗人说自己如今"垂老",住在"荒村里",已经无心赏雪,只是蒙头大睡,根本不出门。"布被蒙头不出楣"表面上是因为年老畏寒,实际上表现的是兴致的消退,而这兴致,岂仅关于赏雪而已?诗人多年致力于救亡图存,失败后对清廷采取不合作的态度,闭门读书授徒,这正是此诗末句所表达的象征意义。

此诗选取了几种诗人亲历的雪景,如信手拈来,其实颇具匠心且寓有深意,即便我们暂且撇开寓意不看,仅言雪景,每一处都是一幅画,令人印象深刻。

十二月（其十一）辽阳寒雁十二首

唐·佚名

十一月仲冬冬严寒，幽闺犹坐绿窗[1]前。
战袍[2]缘何不开领[3]？愁君肌瘦恐嫌宽。

译文　十一月仲冬时节天气严寒，我还坐在深闺的窗前。缝制的战袍为何不开领呢？是怕你瘦了嫌衣太宽。

解说　这是一首敦煌曲子词，载于《敦煌歌辞总编》卷五。

这首民歌是以女子的口吻写的，首句点明节候与天气，仲冬时节，天气"严寒"。在这样严寒的天气下，女主人公在干什么呢？"幽闺犹坐绿窗前"，她坐在幽闺的窗前为远在边疆戍守

1　绿窗：绿色纱窗。指女子居室。
2　战袍：战士穿的长衣，亦泛称军衣。
3　开领：制衣工序，在做好的前襟上开出领子。

清·张城 仕女图

的丈夫缝制战袍，此句只说坐在窗前，是蒙下文而省略。

第三句是女主人公自问，缝制的战袍为什么没有开领呢？再自答："愁君肌瘦恐嫌宽。"女子缝制战袍，当然是怕丈夫冷，可她又想到丈夫可能因为吃不饱而瘦了，如果开了领怕丈夫嫌衣服过于宽大，进风，不能起到御寒的作用。这就把女子此刻的心理表现得淋漓尽致，她思念着自己的丈夫，既怕他饿着，又怕他冻着，左思右想，愁肠百结。

这首诗语言质朴而真切地表现了女子对丈夫深深的爱与思念，感人至深，也间接控诉了让战士久戍不归的朝廷。

上林春令[1]·十一月三十日见雪

宋·毛滂

蝴蝶初翻帘绣。万玉女[2]、齐回[3]舞袖。落花飞絮蒙蒙,长忆著、灞桥别后。

浓香斗帐[4]自永漏[5]。任满地、月深云厚。夜寒不近流苏[6],只怜他、后庭梅瘦。

1 上林春令:词牌名,又名"一落索"。
2 玉女:仙女。
3 回:回旋。
4 斗帐:小帐。形如覆斗,故称。
5 永漏:漫长的时间。多指长夜。
6 流苏:用彩色羽毛或丝线等制成的穗状垂饰物。借指饰有流苏的帷帐。

清·王翚
山窗封雪图（局部）

译文　　像蝴蝶在绣帘间翻飞，像万千天女一起舒展舞袖，像落花飘飘洒洒，像柳絮纷乱，让人总想起灞桥离别后的光景。

小小的床帐浸染着浓郁的香气，冬夜是如此漫长。任凭幽幽的月光和如云层般浓厚的积雪覆盖在大地。冬夜的寒冷近不了饰有流苏的帷帐，只是可怜那后园的梅树，恐又消瘦了许多。

解说　　这是一首咏雪的闺怨词，如题所示写于仲冬十一月的月末。

上阕写白天，用了四个比喻。首先用"蝴蝶初翻帘绣"形容雪刚开始下的样子，一片一片的雪花在绣帘间上下翻卷，就如许多蝴蝶在翩翩起舞。雪越下越大，词人将其比作"万玉女、齐回舞袖"，想象新奇，"玉女"的"玉"暗示了雪的洁白，而舞袖的回旋写出了空中大量雪花随风回旋飘舞的感觉。第三、四个比喻连在一起，即将雪比作"落花"与"飞絮"，特别是"飞絮"这一比喻，源自《世说新语》所载才女谢道韫的"未若柳絮因风起"，为描写雪景的常用语。落花和柳絮连类而及，用"蒙蒙"形容其飘飘洒洒之状，且联想到折柳送别，言"长忆著、灞桥别后"，这就把雪景与某个人、某件往事联系在一起，一下子增添了无穷的内蕴。

下阕写夜晚。在寒冷的雪夜，女主人公的闺房里小小的床帐浸染着浓郁的香气，"永漏"表明她未能安寝，为何如此？是不是与上阕所写灞桥分别的那人、那事相关？词人留下丰富的想象空间，任由读者自己体悟。"任满地、月深云厚"的"任"是不管不顾的意思，意味着女主人公是在外赏雪归来，"月深云厚"是对夜晚雪景的描摹，月光照在雪地上，比寻常夜晚更加明亮，而积雪就如厚厚的云层一般。雪夜的寒冷到不了女主人公的帐边，她却耿耿不寐，因为"只怜他、后庭梅瘦"，可怜那后园的梅树在雪中恐怕又清瘦了。真的是这个原因吗？还有没有别的思绪让她不能入睡呢？恐怕只有她自己知道了。词人通过对女主人公的心理活动的描写，将月下雪景和梅边雪景呈现在读者面前。

全篇没有用一个"雪"字，却句句不离雪，用了一连串的比喻，个个都非常贴切，各有侧重，多方位展示，且情景交融，营造出如梦如幻的意境。

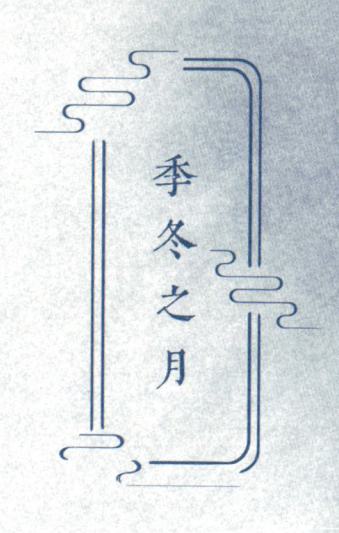

季冬之月

十二月一日三首（其一）

唐·杜甫

今朝腊月春意动，云安县前江可怜。
一声何处送书雁[1]，百丈[2]谁家上水船？
未将梅蕊惊愁眼，要取椒花媚远天。
明光[3]起草[4]人所羡，肺病几时朝日边[5]？

1　送书雁：送信的大雁。典出《汉书·苏武传》，汉武帝时苏武出使匈奴被扣，徙北海牧羊十九年。昭帝时汉使求释苏武，匈奴谎称苏武已死。使者曰："天子射上林中，得雁，足有系帛书，言武等在某泽中。"苏武因此获释归。
2　百丈：牵船的篾缆。
3　明光：汉代宫殿名。后亦泛指朝廷宫殿。
4　起草：拟稿，打草稿。
5　日边：太阳的旁边。比喻京师附近或帝王左右。

译文 今朝虽是腊月，但已经有了春天的气息，流经云安县的江水如此可爱。天空传来一声大雁的鸣声，远处谁家的船儿牵着缆绳逆流而上？并没有梅花映入眼帘，要用椒花让远方的天空明媚起来。曾在殿前起草文章，为人所羡，如今身患肺病，不知何时能去朝见天子？

解说 此诗当作于永泰元年（765）冬天，这一年严武去世，五十四岁的杜甫离开成都，秋天到云安（今属重庆市云阳县），在这里过了冬，第二年春天去了夔州（今重庆市奉节县）。

首联记时间、地点。时间是"腊月"，地点是"云安县"，诗人看着江水，感觉到"春意"萌动。以"可怜"即可爱来形容江，究竟是什么景象呢？从而引起读者的兴趣，开启下面的描述。

颔联诠释何为"江可怜"，先从听觉写起，把人的注意力引向江上的长空，"一声何处送书雁"的"何处"表明只闻其声不见其影，人们在仰首寻觅大雁于万里晴空时，就已经为江水的碧清找到了原因，这是"可怜"之一端。"百丈谁家上水船"是另外一端，碧清的江面上有船逆流而上，岸边纤夫拉着长长的纤绳，喊着热烈的劳动号子，让整个冬季都变得温暖起来。

颈联写花，虚实结合。"梅蕊"是虚写，由冬季联想到梅花是自然不过的事，可诗人没有看到却要提到，是因为要用"梅蕊"突出自己的"愁眼"。这愁，当然是羁旅的客愁。"椒花"则是实写，既然没有梅花也不必太失落，可以用椒花代替。明末清初学者仇兆鳌注："春将至，故椒花欲颂。"晋刘臻妻陈氏曾于正月初一献《椒花颂》，后常用为春节之典。当时已是腊月，

仿宋元山水册页·其二 明·蓝瑛

新年即将到来，所以这样写。

尾联以今昔对比作结，"明光起草"指的是至德二年（757）被肃宗授为左拾遗之事，那是杜甫仕途上最高光的时刻，但不久就因为营救房琯触怒肃宗而被贬。时近新年，诗人"因春近而念朝正"（《杜诗详注》），激起了再次入朝任职的期盼，但"肺病几时朝日边"，身患肺病的诗人孤守荒村，几时才能进京呢？

此诗运笔流畅，随眼前景、心中事，自然而然，而又章法井然，层次分明。

腊月二日烟雨馆[1]

宋·葛绍体

葛绍体（生卒年不详）

字元承，建安（今福建省建瓯市）人，侨居黄岩（今属浙江省），曾在嘉兴等地做过地方官，亦曾寓居临安。南宋学者、诗人。

早年师事叶适，有《四书述》《东山诗文选》等著作，已佚。清四库馆臣据《永乐大典》辑出《东山诗选》二卷。

天上飞花报岁寒[2]，西风相挟引栏干。

平湖不认花多少，只作寻常烟雨[3]看。

译文 天上飘飞的雪花宣告一年严寒时节的到来，西风挟着雪花飘过栏杆。平静的湖面不管雪花有多少，只当作平常的蒙蒙细雨。

解说 这是一首咏雪诗，却不见诗中用一个"雪"字，连题中亦无"雪"，只言时间"腊月二日"和地点"烟雨馆"。

1 烟雨馆：馆驿名。
2 岁寒：一年的严寒时节。
3 烟雨：蒙蒙细雨。

清·励宗万
探雪图卷（局部）

  "天上飞花"未必是雪，或许是真的花瓣，但能"报岁寒"的飞花一定是雪，腊月里的这场雪就像是特意来提示人们一年中最冷时节的到来。雪花被"西风相挟"在"栏干"上打转，诗人用了一个"引"字，牵挽之义，就像西风特意裹挟雪花，将雪花往栏杆牵引一般，把"风雪"之状描摹得非常细致真切。

  "栏干"当是湖边的栏杆，雪花飞过栏杆飘入湖中，而"平湖不认花多少"，不会因为是雪花就"区别对待"，而是将其与"寻常烟雨"同等看待。这说的是不管雪还是雨，落入水中就都成了湖水的一部分。

  此诗通篇用拟人的手法，雪花、西风、平湖似乎都有了生命和意志，这就把寻常的自然现象写得饶有情趣。

腊月三日

宋·孔武仲

孔武仲（1042—1097）

字常父，临江新喻（今江西省新余市）人。北宋学者。

自幼勤学苦读，宋仁宗嘉祐八年（1063）登进士第，初授谷城县主簿。选教授齐州，为国子直讲。政治上属于"旧党"，反对变法，历任清要之职，绍圣三年（1096）坐元祐党夺职，居池州，不久去世。

孔武仲与兄文仲、弟平仲并称"清江三孔"。黄庭坚赞其"二苏联璧，三孔分鼎"。《全宋诗》录其诗七卷，《全宋文》录其文十卷。

寒窗[1]劲色晓覃覃[2]，又见京华[3]腊月三。
官渡[4]梅花应照水，杳然[5]回首忆江南。

译文 寒窗外的天空弥漫着苍劲的色彩，眼下又是京城的腊月初三。渡口的梅花应是在俯视自己的倒影，让我悠然回首忆起江南。

1 寒窗：寒冷的窗口。常用以形容寂寞艰苦的读书生活。
2 覃覃：绵密广布貌。
3 京华：京城之美称。因京城是文物、人才汇集之地，故称。
4 官渡：官设的渡口。
5 杳然：犹悠然。形容心情。

清·王鉴
湘碧居士仿古册·其三

解说　　这是一首即景而作的诗，表达了诗人的思乡之情。

第一句"寒窗劲色晓罩罩"是诗人眼前之景，这七个字描写冬日的清晨，极其传神。清晨时分，一股清冷的气息自窗口传来，太阳尚未升起，只有熹微的晨光，那幽幽的青蓝色的光芒布满窗外。第二句"又见京华腊月三"补述了地点与时节，"又见"表明在京城已经不止一年，离家日久，为下面回首江南做铺垫。

后两句回忆家乡。诗人的家乡在"江南",可以回忆的事物很多,诗人仅选取了"官渡梅花",因为这是腊月,诗人想起家乡渡口边的梅花应该开了,临水照影,水中岸上交相辉映。诗人这样想着,不由得"杳然回首忆江南",深深想念远方的故乡。

此诗清新淡雅,隽永有味,值得一品再品。

腊月

宋·陆游

今冬少霜雪,腊月厌重裘[1]。
渐动园林[2]兴,顿宽薪炭忧。
山陂[3]泉脉[4]活,村市[5]柳枝柔。
春饼[6]吾何患,嘉蔬[7]日可求。

1 重裘:厚毛皮衣。这里指厚重的冬装。
2 园林:种植花木,兼有亭阁设施,以供人游赏休息的场所。
3 山陂:山间水池。
4 泉脉:地下伏流的泉水。类似人体脉络,故称。
5 村市:犹村镇。
6 春饼:一种薄饼,立春日应节的食品。
7 嘉蔬:鲜美的蔬菜。

清·石涛
陶渊明诗意图册·其十

译文 今年冬天霜雪很少，腊月里就厌倦了厚重的冬装。渐渐动了去园林赏玩的游兴，立马纾解了取暖所用柴薪木炭不足的压力。山间池水底下的泉源活了，村镇上柳条柔软。过段日子就要做春饼了，有什么可担心的呢，到那时鲜美的蔬菜每天都可以采摘。

解说

此诗当作于诗人蛰居山阴时期，描写了腊月里惬意的乡居生活，通篇围绕着"这个冬天并不冷"而写。

首联就写了冬天不冷的两个表现：一是"少霜雪"，霜雪都是气温降到一定程度才会出现的，整个冬天很少见到霜雪，可见天气暖和；二是人们到了腊月还不用穿厚重的袭衣，需要穿什么衣服，是人的切身感受。

颔联写天气不冷对自己生活的影响。寒冷的气候会让人害怕出门，只想窝在家里取暖，诗人渐动游览园林的雅兴，说明天气暖和适合出游。天气越冷，用以取暖的"薪炭"消耗量自然越大，反之这方面的花费就少。诗人言"顿宽薪炭忧"，"顿"字表明他明显感觉到生活压力的纾解，这也说明诗人生活清贫。

颈联写附近的景物。诗人从"山陂"和"村市"两个处所各选取一物，前者属于山野，从涧溪的水流可以看出其源泉因为气温较高而活跃起来。后者则是人群聚集处，村镇的柳树也在暖意中显得枝条柔软。用这两个细节，就表现了暖冬腊月的些微春意只要留心去发现，处处皆存在。

尾联着眼于春饼。春天已经不远了，需要合计着做春饼，这不用担心，因为霜冻很少，菜园子里的"嘉蔬"日日可求，鲜美的蔬菜随时采摘随时有。

全诗从不同角度描写了暖冬腊月，让人感受到平淡而又有滋有味的乡村生活。

小寒

玄英

节气介绍

小寒标志着季冬时节的正式开始,《月令七十二候集解》："十二月节,月初寒尚小,故云。月半则大矣。"我国大部分地区小寒和大寒期间一般都是最冷的,俗话说:冷在三九。"三九"恰在小寒节气内。小寒一过,"出门冰上走"的三九寒天便隆重登场了。古人将以小寒为始的十五天分为三候："初候雁北乡,二候鹊始巢,三候雉始雊。"大雁开始向北迁移,喜鹊开始筑巢,雉鸡开始鸣叫。

小寒时节人们忙着为过春节做准备,食俗主要有吃菜饭和吃糯米饭。菜饭流行于南京地区,内容各家并不相同,有用矮脚黄与咸肉片或是香肠片或是板鸭丁,再剁上一些生姜粒与糯米一起煮的,十分美味可口,甚至能与腊八粥相媲美。广东一些地区也会煮饭过节,只不过不是菜饭,而是糯米饭。当地人过节吃的糯米饭并不是单纯把糯米煮成饭那么简单,而是还会在里面配上炒香了的"腊味"(广东人将腊肠和腊肉统称为"腊味")、芫荽、葱花等材料,吃起来喷香。

腊月村田乐府十首（其一）
冬舂行

宋·范成大

序：余归石湖，往来田家，得岁暮十事，绎[1]其语各赋一诗，以识土风，号《村田乐府》。其一《冬舂行》，腊日舂米为一岁计，多聚杵臼，尽腊中毕事，藏之土瓦仓中，经年不坏，谓之冬舂米。其二《灯市行》，风俗尤竞上元，一月前已卖灯，谓之灯市。价贵者数人聚博，胜则得之，喧盛不减灯市。其三《祭灶词》，腊月二十四夜祀灶，其说谓灶神翌日朝天，白[2]一岁事。故前期祷之……[3]

1　绎：读为"绎"，推演。
2　白：告诉，报告。
3　此处只节选序言的一部分。

腊中储蓄百事利，第一先舂年计米。
群呼步碓[1]满门庭，运杵成风雷动地。
筛匀箕健[2]无粞糠[3]，百斛[4]只费三日忙。
齐头圆洁箭子[5]长，隔箩耀日雪生光。
土仓瓦龛分盖藏[6]，不蠹不腐常新香。
去年薄收[7]饭不足，今年顿顿炊白玉。
春耕有种夏有粮，接到明年秋刈熟[8]。
邻叟来观还叹嗟，贫人一饱不可赊。
官租私债纷如麻，有米冬春能几家？

译文　　腊月里是储藏钱物的好时节，首先是把来年吃的米舂好。门前场院上大家都在喊着舂米啦，拿杵捣臼像风一样快，发出如雷般的轰轰声。舂好再用簸箕筛匀，没有碎米残留，百斛至多只要三天就干完了。米粒颗颗饱满圆润，都是上等好白米，隔着箩筐在阳光中闪耀，发出雪一般的光芒。用土仓瓦罐储藏

1　碓：用于去掉稻壳的脚踏驱动的倾斜的锤子，落下时砸在石臼中，去掉稻谷的皮。
2　箕健：簸箕，筛米去糠的圆形竹器。
3　粞糠：碎米。
4　斛：量具名。古以十斗为斛，南宋末改为五斗。
5　箭子：谓上等稻。
6　盖藏：储藏。
7　薄收：收成不好。
8　刈熟：指收割庄稼。

清·焦秉贞
御制耕织图·春碓

好,不会生虫不会腐坏,一直新鲜喷香。去年收成不好,饭都吃不饱,今年收获后顿顿都能吃上白玉般的大米饭。春耕的种子、夏天的口粮都有了,可以与明年秋收接上。邻居老翁来看不禁感叹,贫寒人家想吃顿饱饭也赊不来。官家的租子和私底下欠的债多如麻,有几家还能剩下米在冬天春呢?

解说

范成大的《腊月村田乐府十首》是一组民俗史价值极高的作品,用诗的形式记述了宋代苏州一带的腊月民俗,这是第一首,说的是在腊月要春好来年一年所食的米。

前两句点题,"腊中"即腊月里,"储蓄"指将钱财或物品储存起来。所谓"秋收冬藏",人们认为冬季从事储存性质的活动是应时应景之为,会百事顺利。而古语云"民以食为天",储存来年所吃的米,称为"年计米"。

接着四句就描述春米的场景。一年要吃的米相当多,如果只用一套杵臼,腊月里是不可能春完的,所以序中就说"多聚杵臼",而"群呼步碓满门庭"一句就是写大家张罗着把杵臼都放到门庭中,开始春米,诗人形容送杵之快,言"运杵如风",形容木杵捶击石臼之声,言"雷动地",虽然没有写到春米时大家所喊的号子,但读者脑海中已经呈现出一幅生动的画面。从"群呼"到"运杵",把读者的视觉听觉都调动起来,让人好像亲眼看见了一群大小伙子干得热火朝天。米春过以后,还要"筛匀箕健",即用簸箕把春好的米筛均匀,要做到"无粞糠"即没有碎米残留,这是很细致的工作。这样,米就算春好了,"百斛只费三日忙",大家一起干活的效率是很高的。

米春好后的样子,诗人用两句描述,"齐头圆洁"说的是颗粒饱满光洁,"箭子长"是说米粒修长,一看便知是上等好米。"隔箩耀日雪生光"则用太阳底下雪反射耀眼的光芒,说明米的洁白。这两句对米的形容不仅非常贴切,而且由此也表现出农民对自己亲手种出的粮食怀有很深的感情,非常珍视。他们把这些米用"土仓瓦龛"一份一份储藏起来,可以让米"不蠹不腐",常保新香,什么时候拿出来都像新米一样,散发着诱人的米香。

诗写到这里,"冬舂"本身已经写完了,但诗人又用八句描写农民的生活状态。首先是写农民为今年收成比去年好而感到高兴。"去年薄收饭不足",去年收成不好,饭都吃不饱,今年则是大丰收,可以"顿顿炊白玉","白玉"指米饭,古代农民能顿顿吃上白米饭就是很幸运的事情了。不仅秋收之后到冬天都能吃饱,还能"春耕有种夏有粮",即保证春耕时节有足够的种子,夏天有足够的储备粮,不会出现青黄不接的情况,这样一直"接到明年秋刈熟",余粮能撑到明年的秋收。最后借"邻叟"之口感慨农民的艰辛,"贫人一饱不可赊"言穷苦人家吃顿饱饭都不可得,一年辛劳,好不容易有了收获,缴纳了"官租",还了"私债"(应是荒年不得已借的),经过这些"纷如麻"的盘剥后,"有米冬舂"的"能几家"呢?诗人最后通过这一问,回归"冬舂"的主题。

诗人对农民有着深深的同情,他看到了小农经济的脆弱,却并没有改变的方法,只能像其他很多关心民瘼的人那样,希望年景能好一些,官府能宽一些,如此而已。

腊月书事

宋·张耒

荆棘连昌[1]路,珠玑[2]久化尘。
青山飞白鸟,野水渡行人。
寂寂[3]繁华尽,悠悠[4]草木春。
人间有兴废,何事独伤神[5]?

译文 连昌宫的道路荆棘丛生,曾在仕女头上辉耀的珠玉早已化为尘土。白羽的鸟儿飞翔在青青的山岭,行人正在渡过野外的水流。繁华消歇寂静无声,草木繁盛连绵不尽。人间本来就有兴衰存亡,为何独独要为此伤心呢?

1　连昌:连昌宫的省称,宫殿名。
2　珠玑:珠宝,珠玉。
3　寂寂:寂静无声貌。
4　悠悠:连绵不尽貌。
5　伤神:伤心。

解说

　　这是一首吊古之作,所吊的是唐连昌宫的遗迹,诗人是腊月所见,故以"腊月书事"为题。

　　首联点出古迹之名。"连昌路"即通往连昌宫的路,本来是人来人往的交通要道,如今却被淹没在"荆棘"丛中。诗人想象当日在这条路上的仕女,头上戴的"珠玑"掉落在地而不知,如今早已化为尘土,把盛唐繁华与现实的萧条景象串联在一起,让人油然而生沧桑之感。

　　颔联写当地的风景。"青山飞白鸟",用"青"与"白"两种颜色淡淡一笔勾勒出一幅清新明快的画面。"野水渡行人",虽然出现了"人",可"野水"一词就已透出环境的荒僻萧条,孤零零的行人渡过僻静的小河,反倒增添了景色之"野"。看着这样的景象,令人很难想到这里也曾是繁华所在。

　　颈联抒发感慨。"寂寂"是繁华消尽后的表征,昔日的碧瓦飞甍、珠帘翠幕,昔日的结驷连骑、衣香鬓影,早已隐入尘烟,不见了踪影。然而在这人事衰颓的废墟上,大自然却显出了勃勃生机,从古至今,悠悠岁月里,草木依旧,不知经历了几番春秋。

　　尾联以自问终。"人间有兴废"是说兴废成败本来就是人间的常态,为什么要"独"为了连昌宫而"伤神"呢?这似乎是在自我宽慰,劝自己不要为此伤神,其实是启发读者去思考其中的原因。连昌宫是在安史之乱后荒废的,安史之乱是唐王朝由盛转衰的转折点,盛唐自繁华的顶点一下子跌落,令人唏嘘,启示有识之士要居安思危,清醒认识时弊隐患,而这,不正是诗人在北宋晚期的政坛上一直所思所为的吗?

　　此诗平淡而有深致,用词凝练,自然流畅,寄慨深沉,写景着墨不多而颇具画面感,融情于景,事理寓其中,是张耒五言诗中的精品。

清·任颐
踏雪寻梅

忆黄州[1]梅花五绝（其一）

宋·苏轼

邾城[2]山下梅花树，腊月江风好在[3]无？
争似姑山寻绰约，四时常见雪肌肤。[4]

译文 时常想起邾国古城边山下的梅树，腊月里江上的清风依旧吗？如何能像在藐姑射山寻找那绰约的神人，一年四季都能见到如雪的肌肤呢？

1 黄州：地名，即今湖北省黄冈市黄州区。
2 邾城：邾国古城。邾国是先秦古国。
3 好在：犹依旧，如故。
4 "争似"两句：这两句用藐姑射山神人的典故，出自《庄子·逍遥游》："藐姑射之山，有神人居焉，肌肤若冰雪，绰约若处子。"

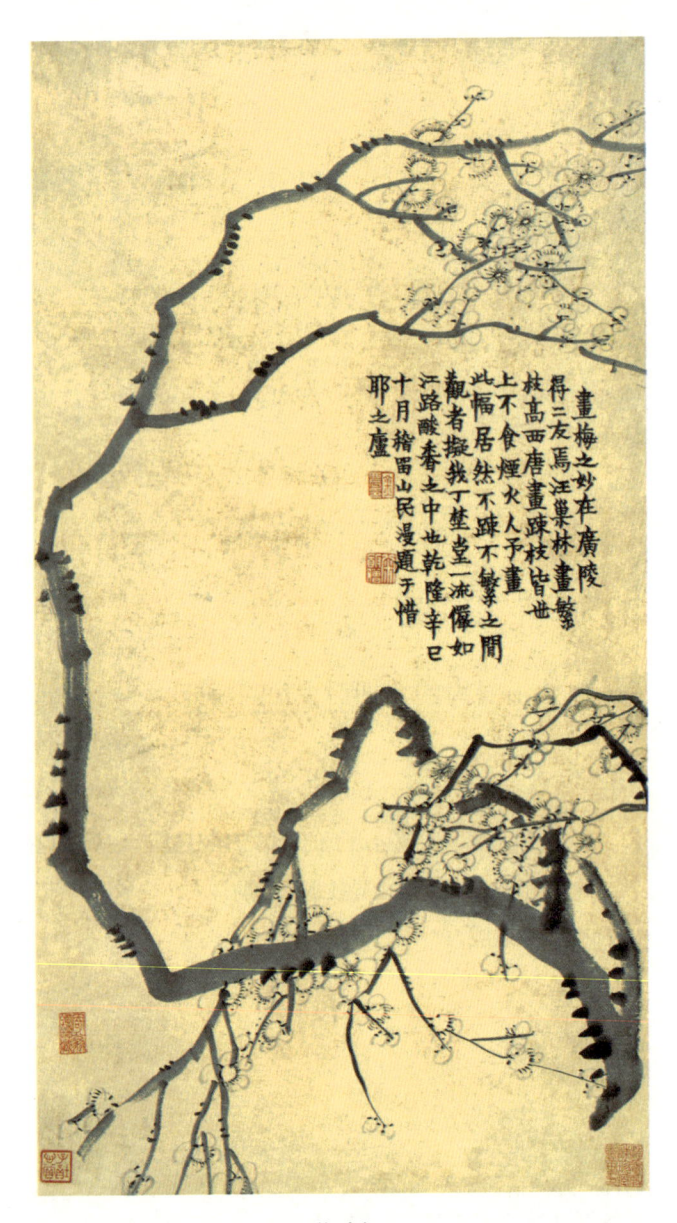

畫梅之妙在廣陵
得二友焉汪巢林畫繁
枝高西唐畫踈枝皆世
上不食煙火人予畫
此幅居然不踈不繁之間
觀者擬我丁堂一流儼如
江路酸香之中也乾隆辛巳
十月檜畱山民漫題于惜
耶之廬

清·金农
梅花图轴

解说

　　此诗如题所示，是苏轼回忆在黄州任团练副使时所见的梅花，同题五首，这是第一首。

　　第一句点明地点。"邾城"是黄州境内留存春秋战国至汉晋城邑遗址，据说是战国晚期邾国国君南迁所居，诗中用来代表黄州，黄州地处大别山之麓，故言"山下"，诗人所留恋的"梅花树"就在这里。"腊月江风好在无"的"腊月"点明时节，即梅花盛开的时候。诗人没有立刻写梅花，而是问候那江上的清风是否无恙，如老友一般，表达了对这个曾居住五年之久的地方的深厚感情。苏轼因为"乌台诗案"而被贬黄州，是在元丰二年（1079），直到元丰七年（1084）才离开，在这五年里，苏轼寄情于黄州的山山水水，写下了《赤壁赋》《后赤壁赋》《念奴娇·赤壁怀古》等脍炙人口的作品。他还躬耕于城东坡地，从此有了"东坡居士"这个别号。当诗人问出"江风好在无"的时候，一定有很多往事涌上心头吧。

　　后两句仍没有正面描写梅花，而是用藐姑射山之神人比拟。梅花虽美，花期却短暂，焉能与神人一样四时不变，让人能"常见雪肌肤"呢？这又是一问，用疑问表达对梅花之美的激赏和迷恋，甚至想一年四时都见到，这是从观者感受出发的间接表现，比直接描写更令人印象深刻。

腊八粥

清·王季珠

开锅便喜百蔬香,差糁[1]清盐[2]不费糖。
团坐朝阳同一啜[3],大家存有热心肠。

王季珠(生卒年不详)

字馨吾,顾山(今江苏省无锡市江阴市)人。清代诗人。

曾考中秀才。居镇东,自题住处曰旷庐,莳花种竹,吟啸其中。

王季珠诗学陆放翁,亦擅书法,学赵松雪。有《旷庐草诗集》传世。

译文 打开锅盖就闻到各种蔬菜混合的香味,此粥用仓底碎米煮成,只加了点清盐不用放糖。团团围坐朝着太阳一起喝粥,大家就都有个热心肠。

解说 这是一首咏腊八粥的诗,语言朴实通俗,很有特点。

与大多数腊八粥都是甜粥不同,此诗所咏的腊八粥是咸粥,用蔬菜加盐和米一起煮成。蔬菜有多种,所以说"开锅便喜百蔬香",从开锅闻香写起,很有感染力。米是"差糁",即

---

1 差糁:残次的碎米。"糁"就是米仓底部的碎米,年终用来煮粥。
2 清盐:纯净的食盐。
3 啜:尝,喝。

清·董诰
高宗御笔甲午雪后即事成咏诗（局部）

仓底碎米，这种米当然是最差的，表现了农家的简朴，好米用来煮饭，碎米拿来煮粥，但用这种米煮出来的粥其实别有风味。碎米和各种蔬菜一起煮，加"清盐"而"不费糖"，开锅有喷鼻香，一派浓浓的农家气息。诗人言"不费糖"而不是不放糖，一个"费"字也透露出农家对物品的珍惜，糖是珍贵的东西，不能随便用。

后两句写喝粥。"团坐朝阳同一啜"，大家团团围坐一起，一边晒太阳一边喝粥，既点出了隆冬腊月的寒冷，又表现了农家亲密无间的人际关系。最后一句"大家存有热心肠"一语双关，表面上是说喝了腊八粥后肚子里暖烘烘的，其实还暗寓着庄户人家个个都有古道热肠，有助人为乐的好品格，更突出了喝腊八粥这种民俗的意义。

腊八

玄英

节日介绍

腊八节在每年农历十二月初八,又称为"法宝节""佛成道节""成道会"等。本是佛教纪念释迦牟尼佛成道的日子,后逐渐演变为一种民间节日。

据说释迦牟尼佛在林中苦行时体力不支,接受了牧牛女施舍的乳糜才恢复体力,于是在菩提树下打坐沉思,最终睹明星而悟道。为纪念此事,佛教徒于此日举行法会,以米和果物煮粥供佛。南宋吴自牧《梦粱录》载:"此月八日,寺院谓之腊八。大刹等寺,俱设五味粥,名曰腊八粥。"佛教传入中国后,寺庙往往在这一天用谷物和果实做成粥赠给信徒或社会上一般大众,并举行法会,也用粥供佛,名为腊八粥。

腊八节的主要民俗就是熬煮、食用腊八粥,也叫"福寿粥""福德粥""佛粥"等。腊八粥的做法各时代、各地有所不同,多用大米、小米、糯米、高粱米、紫米、薏米等谷类,黄豆、红豆、绿豆、芸豆、豇豆等豆类,红枣、花生、莲子、枸杞子、栗子、核桃仁、杏仁、桂圆、葡萄干、白果等干果。

蓝田刘明府[1]携酎[2]相过[3]与皇甫郎中卯时同饮醉后赠之

唐·白居易

腊月九日暖寒客,卯时十分空腹杯。
玄晏[4]舞狂乌帽落,蓝田醉倒玉山颓。
貌偷花色老暂去,歌踏[5]柳枝[6]春暗来。
不为刘家贤圣物[7],愁翁笑口大难开。

1 明府:汉魏以来对郡守牧尹的尊称。
2 酎:经过两次以至多次复酿的醇酒。
3 相过:互相往来。此处指友人来看望。
4 玄晏:指晋皇甫谧,沉静寡欲,是有名的隐士,自号玄晏先生。
5 歌踏:犹言踏歌,边歌边舞,是中国传统歌舞形式。
6 柳枝:古乐府曲调名,又称"杨柳枝"。
7 刘家贤圣物:指酒。"刘家"指西晋刘伶,"竹林七贤"之一,以嗜酒如命闻名,有《酒德颂》。

清·石涛
陶渊明诗意图册·其一

译文 　　腊月初九用酒温暖我这受冻的人，卯时就空腹喝下肚。皇甫饮后跳起了舞，弄掉了头上的乌帽，老刘直接醉倒。脸上有了红晕显得不那么老，手舞足蹈唱起《杨柳枝》，仿佛春天来到。如果没有这坛子老酒，我这正在发愁的老头子很难开笑口。

解说

　　此诗如题所示，是与两位友人共饮而醉之后所作，酒是其中一位友人带来的。

　　首联点明时间，即"腊月九日"的"卯时十分"，之所以要如此详细地记录时间，是因为一者，时值腊月，天气寒冷，酒可以暖诗人和友人这些"寒客"；再者，卯时十分相当于现在早上五点多，天还没亮，人还没吃早饭，所以是"空腹杯"，空腹饮酒很容易醉，为下一联写醉态做了铺垫。

　　颔联写醉态。"玄晏"是用晋朝名士皇甫谧的号指称两位友人中姓皇甫的"皇甫郎中"。这位老兄醉后的表现是如癫狂一般跳起舞来，动作幅度太大连帽子都掉了。"蓝田"则是另一位友人"刘明府"的郡望，诗题中就已用来指称。这位老兄醉后则是不声不响，僵卧如尸，诗人就借用蓝田产美玉，以"玉山颓"来形容。那么诗人自己呢？下面有描述。

　　颈联仍是写醉态。"貌偷花色"是说饮酒之后面色红润，老态暂去，仿佛恢复了青春，"歌蹋柳枝"则是醉后兴奋情绪的表达。"花色"是对醉酒后面色的比喻，"柳枝"是踏歌的曲调之名，诗人却故意将其"坐实"了看，既然有"花色"又有"柳枝"，岂不是"春暗来"——春天暗暗地到来了？

　　醉后赞美酒。"刘家贤圣物"是对酒的戏称，多亏了有此物，诗人这愁翁很难得地开了笑口，这是肯定了酒可浇愁的功效。诗人为什么"愁"呢？可以推测大概是因为仕途官场上的事，所以此诗的结尾也隐晦表达了对现实政治的不满。

　　此诗用语朴实自然，用典贴切，写醉态颇有谐趣，令人忍俊不禁。

游山西村[1]

宋·陆游

莫笑农家腊酒[2]浑,丰年留客足鸡豚。
山重水复疑无路,柳暗花明又一村。
箫鼓[3]追随春社[4]近,衣冠简朴古风存。
从今若许闲乘月[5],拄杖无时[6]夜叩门。

译文　　不要笑话农家腊月酿的酒浑浊,年成好有丰盛的肉菜招待客人。山峦重叠,水流盘曲,正疑惑是不是无路可走,忽然柳

1　山西村:山西边的村庄,当在陆游山阴老家附近。
2　腊酒:腊月酿制的酒。
3　箫鼓:箫与鼓。泛指乐奏。
4　春社:古时于春耕前祭祀土神,以祈丰收,谓之春社。
5　乘月:乘着月光。
6　无时:随时。

绿花红又出现一个村庄。一路上奏乐歌舞之声相随，知道是春社近了。村里的人衣着简朴，颇有古人的风范。从今后若还能乘着月色出游，我会随时拄着拐杖来敲你们家的门。

解说　　此诗当是陆游晚年回到山阴时期所作，描述的是自己在家附近的一次游历，反映了当时的乡村生活，饶有意趣。

诗人采用倒叙的手法，首联就写了村里人对自己的盛情款待。上句表明有"酒"，尽管村酿的腊酒浑浊，却象征着山村人家的浑朴；下句表明既有鸡肉也有豚（猪）肉，对于山农来说，把这些都端上桌，已是款待客人所能达到的极致。从"莫笑"这样的表达，可以知道这是模拟主人的口吻，自谦腊酒浑浊，不堪待客，而"丰年"是乡村最大的喜讯，是腊月里喜庆氛围的物质基础，也是用丰盛菜肴款待客人的底气。读这两句，我们能想象到当时酒宴上主人脸上洋溢的笑容，仿佛听见他谈到好收成时的笑声。

颔联写诗人来到此村的过程，先抑后扬，"山重水复疑无路"是一抑，"重"和"复"表明绕了一圈又回到原点，见到刚才已经见到的山水，按说旅程已经可以结束。紧接着一句"柳暗花明又一村"又将游兴激发出来，不经意间走过一段山路，在柳绿花红之间见到一个村子，风景如画。柳之"暗"与花之"明"是色调上的对比，一抑一扬，使这一句极富层次感。

颈联写走进村庄所见，突出了腊月的喜庆氛围。"箫鼓追随"是现象，一路上奏乐歌舞之声仿佛跟随着诗人一般；"春社近"是原因，因为离春社之期已经很近，村民们正在准备节庆之物，排练庆祝节日的仪式，练习社日的表演，所以到处是箫鼓之声。接着诗人从耳闻其声到目见其人,看见"衣冠简朴古风存"的村民。山村的村民,居住环境相当闭塞,所以在穿着打扮上往往式样老旧,且因物质条件有限而显得简朴,表情神态也憨厚。一个环境优美的山村,住着纯朴的乡民,腊月里正在操演古老的春社仪式,这样的场景深深感染了诗人,在老乡们热情的邀请下,留下来接受款待,即首联所言。颔、颈二联对仗皆极工整巧妙,自然流畅而又极富表现力。

与首联的主人口吻相呼应,尾联是诗人作为客人时的口吻。显然,经过短暂的相处,诗人已经和主人熟络起来,在不得不告别的时候,像对老朋友一样约好了以后随时再来造访。"从今若许闲乘月"的"闲乘月"即闲暇时乘着月光出游,让这约定显得诗意盎然,"拄杖无时夜叩门"表明相互之间的交往之道非常自然随意,无虚礼无客套。

全诗洋溢着对家乡山水的热爱、对家乡人民的亲近、对村居生活的依恋,隐含着对城市生活的厌倦和对险恶官场的厌弃。

清·任颐
豆架双鸡图

送陈亨甫如湖南

元·宋褧

宋褧（1294—1346）

字显夫，大都宛平（今属北京市）人。元代史学家、诗人。

自少敏悟异常，泰定元年（1324）进士，授秘书监校书郎，改翰林国史院编修官等职。后历任监察御史、翰林待制、国子司业、翰林直学士兼经筵讲官等职，曾与修宋、辽、金三史。卒赠范阳郡侯，谥文清。

有《燕石集》十五卷传世。

莫为功名怨别离，别离何用送行诗？
沅江[1]腊月无杨柳，聊折梅花赠一枝。

译文

不要为了官职名位抱怨离别，离别哪用写诗送行？沅江边腊月里没有杨柳，你就折一枝梅花寄赠给我吧。

解说

这是一首送别诗，却一反送别诗的常套而作。

前两句接连用两个否定。"莫为功名怨别离"是第一个否定，言下之意是既然要求取功名，既然选择在仕途上奔走，就不要抱怨时常有别离。"别离何用送行诗"是以疑问的形式表否定，在表示送行的诗中却说不应该写送行诗，其实是为了告诉人们不要为别离而伤感，也不用写表达伤感的送行诗，此诗既然不

---

[1] 沅江：又称沅水，长江流域洞庭湖支流。流经中国贵州省、湖南省。

清·金农
梅花图册·其八

是表达依依惜别之情的，也就算不得是送行诗了。

后两句是对友人的叮嘱，实际上包含着又一个否定，即对"折柳送别"这个送别诗的常规写法和送行诗的常用典故表示否定，说友人要去的沅江在腊月里并无杨柳，所以不妨"聊折梅花赠一枝"。为什么要折梅花相赠呢？当然是让友人到达目的地后来信报个平安，所以诗人实际上非常关心友人，内心深处是为别离而伤感的，前面所作的种种否定，都是自我宽慰而已。

此诗别出心裁，欲擒故纵，说的是不用在意别离，却终究"露出马脚"，表现了对友情的珍视。

送彭司户[1]之官三山[2]

宋·戴复古

戴复古（1167—约1247）

字式之，常居南塘石屏山，故自号石屏，台州黄岩（今浙江省台州市黄岩区）人。南宋江湖诗派代表人物。

出身于贫寒的读书人家，终生不仕，读万卷书，行万里路。曾从陆游学诗，且受晚唐诗风影响。有《石屏诗集》《石屏词》传世。

祭酒[3]家风重，民曹[4]官职卑。
公勤[5]为己任，清白取人知。
腊月三山雪，梅花一路诗。
旧时来往处，今有梦相随。

译文 你出自祭酒之家，家风整肃，而户部的官职较为卑下。公务勤劳是为官者的职责，清白廉洁则要广为人知。腊月里三山

1 司户：官名。主民户。
2 三山：福州的别称。
3 祭酒：汉魏以后官名，通常指国子监祭酒。
4 民曹：即户部，官署名。
5 公勤：公务勤劳。

下雪了吧，你这一路上处处可见梅花，风景皆可成诗。我以前曾多次来往三山，今天只能在梦中随你一同前往。

解说　　这是一首送友人去闽地为官的诗。戴复古足迹遍南方，想起自己曾多次去三山游历，不禁又悠然神往。

首联言所送者的家庭和职位。彭司户当是诗人的晚辈或曾经的下属，所以诗人使用的是居高临下的口气。"祭酒家风重"当是说彭司户的家庭背景，"祭酒"指国子监祭酒，很可能是彭司户父亲所任的官职。"民曹官职卑"说的是彭司户所任的司户参军一职，在地方上地位是比较低下的。这样说，是为了给下面的告诫做铺垫。

颔联是告诫彭司户的话语。"公勤"指公务勤劳，做一任官，管一摊事，勤勉是应当应分的，故言"己任"。除了勤于公务，还要廉洁自律，"清白取人知"指清白的名声则不妨传扬出去，为人所知。这实为经验之谈，职务上有多辛苦，跟人说了别人也体会不到，不如不说，而清廉则需要把这个名声传出去，让那些想行苞苴之事的人望而却步，畏难而止。两句告诫分别与上一联两句相呼应，"公勤为己任"呼应"民曹官职卑"，越是职位卑下越要多做事，"清白取人知"呼应"祭酒家风重"，不要以苞苴之行辱没了门风。

颈联设想彭司户此行所见的美景。到了目的地之后能见到"腊月三山雪"，也点明节候。"梅花一路诗"是诗人想到了自己曾经所见的闽地风景，仅用了"梅花"一物就让人想见一路上风景如画，而梅花有多美，不需直接描摹，而是言可以作诗。这两句对仗工整且自然流畅如信手拈来，后句尤妙。

清·金农
梅花图册·其四

尾联表达了对三山的怀念。"旧时来往处"实际上是对上一联的补充说明,"今有梦相随"则表明那里的美令诗人魂牵梦绕。

阁夜

唐·杜甫

岁暮阴阳催短景[1],天涯霜雪霁[2]寒宵。
五更鼓角声悲壮,三峡星河影动摇。
野哭千家闻战伐,夷歌数处超渔樵。
卧龙[3]跃马[4]终黄土,人事音书漫[5]寂寥。

1. 景:日光,此处代指白天。
2. 霁:雨雪初晴。
3. 卧龙:指诸葛亮,字孔明,徐州琅琊阳都(今山东省沂南县)人,三国时期蜀汉丞相,曾多次北伐,与曹魏争胜。
4. 跃马:指公孙述,字子阳,扶风茂陵(今陕西省兴平市)人,新莽时为导江卒正(蜀郡太守),后自称辅汉将军兼领益州牧,建武元年(25)称帝,国号成家(一作"大成"或"成"),年号龙兴。建武十二年(36),被汉大司马吴汉举兵攻灭,共在位十二年。
5. 漫:徒然。

清·王原祁
仿宋元山水图册·其七

译文

岁末阴盛阳衰白昼短，僻处天涯的夔州霜雪初晴，夜里更觉凄寒。五更天的鼓角声是那样悲壮，三峡的江面上，银河的倒影摇荡不安。听到战事又起，千家万户哭号于野地，夷歌盖过了渔樵的歌声，回荡在山水间。诸葛孔明与公孙述那样的人物也终归于黄土，世间的纷纷扰扰终究皆归于寂然。

解说

此诗当作于大历元年（766）的年末，杜甫住在夔州西阁。当时杜甫年老多病，至交好友郑虔、李白、苏源明、高適、严武等人都先后谢世。安史之乱虽已平息，但蜀中又有崔旰之乱，加之外有吐蕃的威胁，时世仍很凶险，百姓苦于战乱。杜甫将所见所闻以诗的形式表现出来，感慨系之。

首联交代时节。"岁暮阴阳催短景"中的"阴阳"注家或以为指日月，或以为指光阴，皆不确，古人以阴阳之理解释节候，大体来说从夏至到冬至是阳消阴长，从冬至到第二年夏至是阴消阳长。时近年末昼短，即所谓"短景"，用阴阳来表述其理，就是阴盛阳衰，所以说"阴阳催"。这就为下一句做了铺垫，白昼短，当然就意味着夜特别长，加之霜雪初霁，就显得特别寒冷。此联也是用气候影射政治，以阴盛阳衰象征君权朝纲的不振，以霜雪初霁后的长夜象征遭受安史之乱重创的民生久久难以复苏。

颔联仍是以景物烘托气氛、象征时事。清晨时分响起的战鼓声和号角声，是军队准备开拔的信号。"三峡星河影动摇"是以星空在三峡汹涌的波涛中被搅乱，象征战乱的迅速爆发和惊人的破坏力，也表示这战乱发生在蜀地。

颈联则为写实。与上一联对战争过程的虚写形成鲜明对照，对战乱恶果的描述则非常直白，无数人命丧疆场，乃至于形成千家野哭的悲惨场景，"野哭"即在野外哭号祭奠，不是华夏的民俗，与下面"夷歌"即夷人的丧歌都提示了这次战乱发生在多民族杂居的蜀地。

尾联抒发了诗人的感慨。安史之乱刚刚过去，新的战乱又爆发了，朝纲不振，内忧外患接踵而至，"天未厌乱"令人深感绝望。诗人本来有澄清天下之志，却一直得不到施展抱负的机会，一生经历了太多的明枪暗箭、颠沛流离，备尝国破家亡、生离死别的滋味，垂垂老矣之时，流落在蛮夷之地，目击战乱的惨状,怎不让人万念俱灰?只好以古来英雄人物也终归于黄土来自我宽慰,即便有所作为又有什么意义呢?不也终归寂寥吗?这收尾两句确实是很颓丧了,但若真的颓丧到底,这首诗也不应作,所以杜甫即使一生襟怀未开且备历艰辛,在暮年也仍坚握着手中的笔,尽自己的"诗史"之责,这种"倔强"又何尝是颓丧?

腊月十四日雨

宋·陆游

岁晚深居[1]懒出游,小窗终日寄悠悠[2]。
雨声到枕助诗律,花气袭衣生客愁。
残齿不堪添齀䶎[3],瘦肩转复觉飕飗[4]。
春前一雪犹关念[5],安得琼瑶积瓦沟[6]?

译文 岁末幽居室内懒得出游,在小窗下观景打发时间。枕上听雨声有助于作诗,花的香气袭上衣襟让人的客愁油然而生。残

1 深居:幽居,不跟外界接触。
2 悠悠:久长,久远。这里指岁月。
3 齀䶎:动摇不安貌。
4 飕飗:指寒气,寒风。
5 关念:关心挂念。
6 瓦沟:瓦楞之间的泄水沟。

余的几颗牙齿不能再晃动了，消瘦的肩头又觉得凉飕飕的。还挂念着春天到来前下一场雪，怎样才能看到雪堆积在瓦沟中呢？

解说

此诗是陆游暮年闲居家中所作，当时韩侂胄被史弥远杀害，北伐失败，陆游深感悲痛与失望。

首联写诗人在冬天的生活状态。概括而言即深居简出，"岁晚"二字点出节候，"深居懒出游"是因为岁暮天寒吗？诗人并未交代，只说自己终日只是在小窗下观景打发时间。临窗观景，说明对室外的风景并不是不感兴趣，却偏偏"懒出游"，隐隐透露出自己精神上的颓废。

颔联写下雨。诗人卧于枕上，听到雨声，觉得有助于写诗。虽然是腊月，南方气候湿润，温度却不是很低，仍有花开，所以下句言"花气袭衣"，雨天潮湿的空气让花香更浓更明显了。这样的环境下，诗人虽在家中，内心却感到客愁涌起，这正是因为冬日雨景的萧条凄冷让人有孤单冷落的感觉。

颈联写诗人的老态。一方面是牙口，"残齿"表明牙齿已经掉了很多，只有残留的几颗，如果再掉，吃东西就成大问题了，所以说"不堪添齼齼"；另一方面是怕冷，南方冬天的气温虽比北方高，但那种湿冷是贴肉附骨的，对老年人来说尤其难受，诗人说自己的"瘦肩"在雨天里总觉得凉飕飕的。

尾联写盼望下雪。尽管前面说雨声能"助诗律"，冬日里阴雨绵绵毕竟令人难受令人压抑，所以诗人盼望着"春前一雪"，并想象"琼瑶积瓦沟"的景象。诗人可能是希望天气的明朗让自己的心境也明朗起来，然而即便下雪，恐怕也解不了诗人内心深处的忧愁吧。

清·杜湘
山水册页·其三

此诗对仗工整而无着力痕迹,用词颇有创意,发人所未发,尤其是连绵字的运用,增加了口语色彩,让生活气息更浓。

梅花诗

南北朝·庾信

庾信（513—581）

字子山，小字兰成。南阳新野（今河南省南阳市新野县）人。南北朝时期最有成就的诗人之一。

庾信出身于贵族世家，自幼聪敏绝伦，与徐陵皆为当时宫廷文学的代表，时称"徐庾体"。有《庾子山集》传世。

常年腊月半，已觉梅花阑[1]。
不信今春晚，俱来雪里看。
树动悬冰落，枝高出手寒。
早知觅不见，真悔著衣单。

译文 平常年份腊月过了一半的时候，已经觉得梅花凋残将尽。今年春天来得晚，不信梅花已落，都到雪地上来看。风吹树枝摇动，悬挂的冰溜落了下来，枝条太高够不着，只觉得手冷。早知道寻觅不见，真后悔穿着单衣就出门了。

1　阑：残，将尽。

何日遂袁懷罷作歸宿繞屋種梅
花買四梅花屋杭董浦太史句
彼珊老伯大人鑒之丙戌夏胃昌吳俊

清·吳昌碩
墨梅圖

解说

这是一首咏梅诗,特别之处在于记述了一次失败的赏梅经历。

前两句先说"常年腊月半",平常年份到了腊月中旬,"已觉梅花阑",即梅花开放已接近尾声,凋残将近。言下之意是按通常情况来看,此时已经没有必要再去赏梅了,在写赏梅之前预作一跌。"不信今春晚"是一个转折,尽管往年此时梅花已经凋残,但今年节候较晚,梅花可能还在盛开,所以"俱来雪里看",都跑到雪地上观赏,当然也包括诗人。

诗写至此,令人满怀期待,然而紧接着又是一个转折,诗人只看到"树动悬冰落",即枝上只有冰雪,风吹落地有声,却没有看见一朵梅花。诗人尚不死心,想伸手拂去枝上的积雪,看花朵是否藏在雪下,却因"枝高"够不着,只落得个"出手寒"。诗人不禁懊恼起来,"早知觅不见,真悔著衣单",这两句淡淡写出,其实是整首诗的关键所在。"著衣单"与"觅不见"之间并没有必然的联系,无论是否有梅花盛开,隆冬出门按说都应该穿上足够御寒的衣服,但诗人一听说可能有梅花可赏就迫不及待地出了门,忘了加衣服,路上想起也没有回去添,想着只要能看到梅花,受点寒也值了。这充分表现出诗人对梅的痴迷。

此诗用语简洁明了,通篇自然流畅,叙事一波三折,于不经意间显出真意,是庾信作品中颇为别致的一首,且形式上已颇具律诗的雏形。

次韵¹郑维心²腊月十六日有作（其一）

宋·沈与求

沈与求（1086—1137）

字必先，德清（今属浙江省）人。宋代大臣。

徽宗政和五年（1115）中进士，补归安尉，累迁明州通判。高宗朝历任要职，绍兴七年（1137）随高宗至建康，知枢密院事。卒谥忠敏。

有《龟溪集》十二卷传世。

国难更频岁³，边尘动四溟⁴。

豺狼饱吞噬，天地失清宁。

黄屋⁵无安所，霜笳⁶不忍听。

使臣归路阻，恸绝⁷鬓星星。

1　次韵：依次用所和诗中的韵作诗。也称步韵。世传次韵始于白居易、元稹，称"元和体"。
2　郑维心：指郑如几，字维心，霅（今浙江省湖州市）人。与叶梦得、沈与求等唱和，终生不仕。
3　频岁：连年。
4　四溟：指全国、天下。
5　黄屋：古代帝王专用的黄缯车盖。可用为帝王的代称。
6　霜笳：霜天笳声。
7　恸绝：因悲哀过度而昏厥。

仿巨然溪山雨霁图（局部） 清·王翚

译文 　　国家连年遭难，战事惊动天下。敌寇如狼似虎到处杀掠，天地之间失去了清静安宁。皇帝居无定所，霜天之下笳声悲鸣，不忍听闻。出使他方的臣子归路被阻隔，悲恸欲绝，愁白了头发。

解说　　这是诗人和友人之作，表现了北宋灭亡时的悲惨情状。

首联写战乱。"国难"指的是靖康之难。靖康元年（1126）金兵南下，攻陷东京汴梁，次年立张邦昌为伪楚皇帝，押着俘虏的徽、钦二帝和后妃、皇子、宗室、贵戚等三千多人北撤，北宋灭亡。"更频岁"指这场国难前前后后有数年之久，一开始起于边境，后来席卷全国，即"边尘动四溟"。宋原本是联金灭辽，不料辽亡后金立即就以宋为目标，举兵南下，席卷中原，这就是从"边尘"到"四溟"的过程。

颔联写战乱的后果。"豺狼饱吞噬"的"豺狼"不仅指金兵，也包括那些趁乱而起的匪徒，甚至还包括那些抗金无能、抢掠百姓不比金兵手软的官兵。民脂民膏，乃至于老百姓的生命和子女，都在被他们"吞噬"。狼烟四起，到处是修罗场，"天地失清宁"，此句是用《道德经》中的"天得一以清，地得一以宁"，表示这变乱是翻天覆地的。

颈联写二帝被俘。"黄屋"是帝王的车盖，用来代表徽、钦二帝，"无安所"言他们被掳北迁，居无定所。"霜笳不忍听"中的"笳"是北方少数民族的乐器，诗人设想二帝被掳到北方苦寒之地，在凄凉的笳声中处境悲惨，这句将悲凉的气氛渲染得更加浓烈。

尾联从使臣遭遇这个小角度作进一步的渲染。使臣出使他国，回来却发现母邦已经覆灭，归路为战乱所阻，不知去哪里复命，内心的悲恸难以言表，连头发都急白了。其实"恸绝鬓星星"的又何止使臣，包括诗人在内的很多人都在这场灾难中遭受了深悲大痛。

此诗以过来人说伤心事，字字血泪，具有很强的表现力和感染力。

早花

唐·杜甫

西京安稳未？不见一人来。

腊月[1]巴江[2]曲，山花已自开。

盈盈[3]当雪杏，艳艳[4]待春[5]梅。

直苦风尘[6]暗，谁忧容鬓[7]催？

译文 长安局势安稳了没有？近来没见到一个从那里来的人。腊月巴江曲折处，山花已经自顾自地开了。有冒雪而开的美好杏花，也有等待春天到来的艳丽梅花。只愁战乱未息，哪顾得上担忧容颜鬓发衰老啊？

1 月：一作"日"。
2 巴江：河流名，即嘉陵江。
3 盈盈：仪态美好貌。
4 艳艳：明媚艳丽貌。
5 春：一作"香"。
6 风尘：被风扬起的尘土。比喻战乱。
7 容鬓：容颜鬓发。"容"一作"客"。

解说 此诗当作于代宗广德元年（763），杜甫五十二岁。这一年吐蕃攻陷长安，代宗东逃陕州，杜甫听闻此事忧心忡忡，故此诗虽以"早花"为题，但实际上表现了对朝廷安危的关切。

首联就表现出想要了解事件最新情况的急迫心理。"西京安稳未"，西京现在有没有安定？诗人欲向知情人了解情况，可是"不见一人来"，即见不到一个从京城来的人可以询问，身边没有一个知情者。诗人只能自己在心中默念默祷，希望长安的乱局能很快平定下来。

颔联笔锋一转，写到花开。"腊月巴江曲"点出时间地点，腊月仍是隆冬，春天尚未到来，可是在巴江岸边，"山花已自开"。这样的景象似与对长安现状的忧虑并无关系，其实心系庙堂的诗人是把山花早开当作吉兆来看待。《杜臆》曰："因吉报之迟，而伤花开之早；因花开早，又见光阴之迅速，有二意。"亦可通。

颈联具体写自开的山花。列举了两种，一是"盈盈当雪杏"，"当雪"即对雪，言其冒雪而开；一是"艳艳待春梅"，艳丽的梅花好像是在迎接春天的到来。一"当雪"一"待春"，暗寓着外患如雪消尽，否极泰来。

尾联又回到所担忧之事，与首联相呼应。"直苦风尘暗"的"风尘"即指吐蕃攻陷京城的战乱，诗人虽然远离长安，却深感愁苦，而自己年纪渐老常年奔波，至于"容鬓催"，相比之下就不必挂怀了，如《杜臆》所言："非不忧其老，因忧主之危而不暇及也。""谁忧"以反问形式表达否定，也与第一句"西京安稳未"这个问句相呼应，以问始，以问终，充分表现了忧国忧民乃至于忘却一己命运的家国情怀。

清·任颐 寒林高士图

腊月十八日蚤[1]苦寒与家妇饮

宋·张耒

寒夜不可旦,老鸡鸣苦迟。

晨兴[2]出户视,风折山树枝。

最爱堂东梅,洌[3]寒亦弄姿[4]。

夜来月中影,窥我读书帏。

中庭石井栏,晨汲气如炊。

今日复何事,环佩[5]联冰澌[6]。

瓷罂[7]有芳醇,庖舍具鲜肥。

地炉炽新炭,三酌对山妻。

1　蚤:同"早"。
2　晨兴:早起。
3　洌:寒冷。
4　弄姿:做出种种姿态。
5　环佩:古人所系的玉佩。这里指如环佩叮当之声。
6　冰澌:冰凌。
7　瓷罂:盛酒浆等用的陶瓷容器。

江干雪霁图卷 唐·王维

译文　　寒冷的冬夜漫长得如不会有天明一般，家里的老公鸡迟迟不打鸣。早晨起来出门一看，大风把山上不少树枝吹断了。最爱那厅堂东边的梅树，这么冷的天还在搔首弄姿。夜晚月光中梅花的身影，偷偷来帷帐边窥视我读书。庭中的石井栏，早上打水的时候，水汽总是如炊烟一般。今天不知怎么回事，结了很多冰溜子，如环佩一般叮咚作响。瓷瓮里面储存着芳香的美酒，厨房里准备好美味佳肴。火炕里添上新炭，我跟山妻对饮三杯。

解说

　　此诗当是张耒居黄州柯山时所作。因为哀悼老师苏轼，张耒于崇宁元年（1102）被贬为房州别驾，安置在黄州，虽然生活清苦，却获得了远离官场是非的宁静，这首诗写的便是他身为逐臣的家居生活之乐。

　　前两句间接点出节候。隆冬腊月，昼短夜长，诗人以"寒夜不可旦"描述，夜漫长得如不会有天明一般。而家里养的老鸡也"鸣苦迟"，即打鸣打迟了，这一句将读者一下子带入乡居生活的氛围中。不仅如此，此处也暗用了《诗经·郑风·女曰鸡鸣》一诗，诗曰："女曰鸡鸣，士曰昧旦。子兴视夜，明星有烂。"这是清晨夫妻之间的对话，表现了夫妻之间的恩爱和谐，与本诗的主题正相合。

　　接着六句写清晨所见兼描写梅花。诗人"晨兴出户视"，首先就看见"风折山树枝"，夜里的风把山上的树枝都吹断了，可见一夜寒风呼啸威力之大。诗人挂念着他最爱的"堂东梅"，好在梅花无恙，在如此洌寒的天气里仍在搔首"弄姿"。几句看似平常的话，实际上别有寓意，那不可旦的"寒夜"象征着逆境，"风折山树枝"象征着政治斗争的凶险，而梅花"洌寒亦弄姿"象征着诗人在逆境中所抱持的生活态度。因老师苏东坡也曾被贬黄州，并作了一组咏梅诗，所以诗人对梅花怀有非同寻常的感情。诗人用拟人的手法来描写梅花，言"夜来月中影，窥我读书帷"，"月中影"言梅树在月光下的倩影，仿佛偷偷地来窥视诗人夜读，赋予梅花俏皮可爱的形象特征，就像是诗人的老友一般。

　　接着四句写庭院中的井，进一步强调天气的寒冷。这井上的"石井栏"，冬天早晨汲水的时候，水汽如炊烟一般从井口冒出，这是因为地下水的温度比地表温度高。在水汽的作用下，井栏并未结冰，而"今日复何事"，井栏上也结了很多冰溜子，如"环佩"一般叮咚作响。这就说明夜间有明显降温，比前一段时间更冷了。

诗人对天气寒冷进行了细致的描写，最后笔锋一转表现了家庭生活的温暖。"瓷罂有芳醇"的"芳醇"指美酒，"庖舍具鲜肥"的"鲜肥"指佳肴，两者具备，再加上地炉里添上新炭，屋里热气腾腾，暖暖烘烘，诗人就可以与山妻相对饮酒了，他一连干了三杯，感到浑身暖洋洋的。

此诗语言平易，娓娓道来，表现了诗人安贫乐道、随遇而安的生活态度。

四季诗书·玄英

季冬之月

刘长卿(？—约789)

字文房,祖籍宣城(今安徽省宣城市),一作郡望河间(今属河北省),后迁居洛阳(今河南省洛阳市)。唐代诗人。

唐玄宗天宝年间中进士,德宗建中年间官至随州刺史,世称"刘随州"。

刘长卿是很有代表性的中唐诗人,尤善五言,自称"五言长城",有《刘随州诗集》传世。

奉酬辛大夫喜湖南腊月连日降雪见示之作

唐·刘长卿

长沙耆旧[1]拜旌麾[2],喜见江潭积雪时。
柳絮[3]三冬先北地,梅花一夜遍南枝。
初开窗阁寒光满,欲掩军城暮色迟。
闾里[4]何人不相庆?万家同唱郢中词[5]。

1　耆旧:年高望重者。
2　旌麾:帅旗。
3　柳絮:比喻雪花。
4　闾里:里巷,平民聚居之处。
5　郢中词:美称他人的辞章。典出《宋玉对楚王问》。

译文　　长沙当地的父老拜迎您的大驾，欣喜地看到江边积雪。冬天下雪是北方先于南方，但雪花在一夜之间却压满了向南的枝条。推窗就看到天地间满是雪光，驻军的城镇到了要关门的时刻却发现暮色来迟了。民间人人都在庆贺，家家户户唱起了赞歌。

解说　　此诗如题所示，是唱和友人之作。刘长卿的友人辛喜在湖南任职，腊月连日降雪，赋诗相赠，刘和作一首。

首联点题，写友人刚到湖南不久，当地就下了瑞雪。"长沙耆旧拜旌麾"是湖南士绅迎接新任地方官的场景，表示友人深受当地人敬重与爱戴。"江潭积雪"表示雪下得大且时间长，点明题中"连日降雪"，"喜见"的主语是上一句的"长沙耆旧"，腊月降雪被视为来年丰收的吉兆，而在"天人感应"的思维模式下，这吉兆在当地士绅看来是新任长官带来的。

颔联写这雪的难得。"柳絮"和"梅花"都是对雪的比喻。冬季下雪，当然是北方先下，且下得多。但在少有降雪的湖南，这一年却在腊月下了好几天的雪，虽然论时间先后不及北方，可是论降雪的规模却不输给北方，以至于"梅花一夜遍南枝"，雪之大可以想见，也写出了诗人清晨起来见到银装素裹时的欣悦。此联对仗不仅很工整，而且可以说是"教科书式"的，"梅花"对"柳絮"，"一夜"对"三冬"，"南"对"北"，却并不板滞，没有刻意的感觉，而是"现成"的、自然而然的。

颈联着眼于描写雪后人们的感受。"初开窗阁寒光满"，雪后初晴雪光耀眼，一打开门窗就感觉天地之间一片明亮。这雪光亮得让"暮色"都推"迟"了，"军城"的守门人到了要关城门的时候，却因为太明亮而疑惑是否到了关闭城门的时间。这就既提示了湖南作为边地的特点，又从一个人们不易想到的角度巧妙地表现了雪下得多么大。

尾联再回到雪给人们带来的喜悦情绪，与首联相呼应。不仅"耆旧""喜见"此雪，"闾里何人不相庆"以反问表肯定，言百姓皆为了这场雪而高兴。最后以"郢中词"的典故作结，再次表达了对友人政声的赞美。"郢中词"典出《宋玉对楚王问》，楚襄王问宋玉为什么不为众所称誉，宋玉用寓言回答："客有歌于郢中者，其始曰《下里》《巴人》，国中属而和者数千人。其为《阳阿》《薤露》，国中属而和者数百人。其为《阳春》《白雪》，国中有属而和者，不过数十人。引商刻羽，杂以流徵，国中属而和者，不过数人而已。"用以说明"曲高和寡"的道理。故后世就用"郢中词"表示大众的赞誉。

此诗从不同角度、不同层面表现大雪，在咏雪诗中颇有新意。

清·任颐 花卉

玄英

节气介绍

大寒

　　大寒有两层意思，一是相对于小寒而言，二是大寒期间天气冷到了极点，故谓之"大"。民间有"小寒大寒，冷成一团"的谚语。古人将以大寒为始的十五天分为三候："初候鸡乳，二候征鸟厉疾，三候水泽腹坚。"这是说到大寒的时候母鸡可以孵小鸡了；鹰隼之类的正处于捕食能力极强的状态中，盘旋于空中到处寻找食物；水域中的冰一直冻到水中央，是最结实、最厚的时候。小寒、大寒是一年中雨水最少的节气，谚曰"苦寒勿怨天雨雪，雪来遗到明年麦"。在雨雪稀少的情况下，不同地区按照不同的耕作习惯和条件适时浇灌，对小麦作物生长无疑是大有好处的。岭南地区有大寒时联合捉田鼠、消灭田鼠的习俗。因为这时作物已收割完毕，平时看不到的田鼠窝大多显露出来。

　　大寒是一年的最后一个节气，民间有"过了大寒，又是一年"的说法。这个"年"指的是农历新年，因而此时的一些民间习俗都透着浓浓的年味。人们为过年奔波忙碌——赶年集，买年货，写春联，准备各种祭祀供品，扫尘洁物，除旧布新。同时祭祀祖先及各种神灵，祈求来年风调雨顺。

腊月

宋·王禹偁

腊月滁州[1]始觉寒,年丰岁暮郡斋[2]闲。
官供好酒何忧雪,天与新诗合看山。
日照野塘[3]梅欲绽,烧回荒径草犹斑。
吏人散后无公事,门戟[4]森森夕鸟还。

译文 滁州到了腊月才觉得寒冷,收成好的年份到了岁尾衙门里很清闲。有官府供应的好酒哪里需要担忧下雪,看着远山美景

1. 滁州:地名,即今安徽省滁州市。
2. 郡斋:郡守起居之处。
3. 野塘:野外的池塘或湖泊。
4. 门戟:唐宋时庙社、宫殿、府州、贵官私第等门前陈列的戟。用来表示威仪。

自然就有了作诗的灵感。太阳照在塘边的梅树上,梅花将要绽放;烧荒之后露出小径,草上仍有烧痕。下属们都散了,没有公事可做,只有门戟森然排列,夕阳西下,鸟儿飞了回来。

解说　　此诗当作于太宗至道元年(995)腊月,这一年王禹偁先被任命为翰林学士,后因谤讪朝廷的罪名,以工部郎中贬知滁州,第二年又改知扬州。从中央被贬到地方,一般来说是令人沮丧懊恼的事情,可此诗却丝毫没有愁态怨言,反而表现了太平时代在地方任职的清闲自在。

首联写天气和年景。这一年气候温暖,滁州到了"腊月""始觉寒",点了诗题。这一年的年景也很好,"年丰"是"岁暮郡斋闲"的前提,老百姓家家丰衣足食,纠纷自然很少,租税也都可以按时缴纳,衙门里当然就清闲了。

颔联写诗人的生活状态。"官供好酒何忧雪"承上一联"始觉寒"而言。尽管腊月里天气寒冷了,但身为地方官,有官府供应的好酒可饮,不用担忧下雪。有好酒,是物质上的慰藉;"天与新诗合看山"则是精神上的慰藉,看着远山美景,自然就有了作诗的灵感。后来欧阳修也到滁州为官,十分仰慕王禹偁。他的名篇《醉翁亭记》的开头"环滁皆山也。其西南诸峰,林壑尤美,望之蔚然而深秀者,琅琊也……"可以作此句的注脚。

颈联写冬日景色,把握住季节特点,选取最典型的景物。一是梅花。这梅花还未完全绽放,而是"欲绽"之时,将开未开,而梅树就在"野塘"边上,艳阳之下临波照影,愈加妩媚动人。二是原野上的烧痕。冬季草枯,野火易起,将"荒径"

宋·刘松年
四景山水图·其四

穿过的草地烧得斑斑点点,这是冬天特有的景象。

尾联写郡斋的傍晚,与首联"郡斋闲"相呼应。下属们都散了,没有公事可做,诗人站在"门戟森森"的郡斋门前,看着"夕鸟"归林。这是以景象的幽静象征着内心的平静,并没有因为被贬而感到悲伤落寞。

此诗语言平易,自然流畅,笔调清丽,风致悠然,很能代表王禹偁的创作风格。

瑞鹧鸪¹·咏红梅

宋·晏殊

晏殊（991—1055）

字同叔，抚州临川（今江西省抚州市）人。北宋政治家、文学家。

自幼聪慧，景德二年（1005）以神童应试，赐进士出身，擢秘书省正字。晏殊热衷于培养人才、奖掖后进，范仲淹、富弼、韩琦、欧阳修等人都出自他的门下。

晏殊工诗善文，但以词的成就最大，被尊为"北宋倚声家初祖"，尤善小令，风格娴雅婉丽，意蕴深广。有《珠玉词》传世。

越娥红泪²泣朝云³。越梅从此学妖嚬⁴。腊月初头、庾岭繁开后，特染妍华⁵赠世人。

前溪昨夜深深雪，朱颜⁶不掩天真。何时驿使⁷西归，寄与相思客，一枝新。报道江南别样春。

1 瑞鹧鸪：词牌名，又名"舞春风""桃花落""鹧鸪词"等。
2 越娥红泪：西施的美人泪。"越娥"即越地的美女，专指西施。"红泪"典出晋王嘉《拾遗记》："文帝所爱美人，姓薛名灵芸，常山人也……灵芸闻别父母，歔欷累日，泪下沾衣。至升车就路之时，以玉唾壶承泪，壶则红色。既发常山，及至京师，壶中泪凝如血。"
3 朝云：早晨之云。此处将梅花比作朝云。
4 嚬：古同"颦"，皱眉。
5 妍华：美艳，华丽。
6 朱颜：红润美好的容颜。
7 驿使：传递公文、书信的人。

清·李方膺
梅花

译文　　西施的胭脂泪儿连朝云（梅花）都染红了，从此越地的梅花也学会了妖冶地蹙眉。腊月刚开头，庾岭繁盛的梅花开后，特地点染这美丽的花朵赠予世人。

前面的小溪昨夜下了一场深深的雪，却未能遮掩那天真的红颜。何时送信的使者回去西方，把一枝簇新的红梅寄给那客游他方的相思人儿，告诉他这是江南别样的春天。

解说　　这是一首咏梅词，所咏的是东南越地的红梅，故词中多突出梅花颜色的艳丽。

上阕一开始就展现了词人丰富的想象力，从越地的历史着眼，将梅花的红艳归因于"越娥"的"红泪"，美人不知受了什么委屈，流下的胭脂泪染红了花瓣；"泣朝云"则是把红梅比作"朝云"，即红日初升之时的云彩。"越梅从此学妖嚬"一句将梅花拟人化，言其学会了西施妖冶的蹙眉，不仅写了红梅的颜色，还展现了其神态风韵。"腊月初头"点明节候，传说庾岭之梅乃是仙人所植，从山间仙境传到人间，所以词人说"庾岭繁开后"，表示梅花自仙界传来，"特染妍华赠世人"，是经过精心装点后对人间的馈赠。

下阕用雪衬托梅花，"前溪昨夜深深雪"一方面表明梅树是在溪边，这处所更增添了梅花的妩媚，另一方面言一夜间下了很大的雪，让人不禁为梅花感到担心，然而"朱颜不掩天真"，这是倒装句，即"（雪）不掩天真朱颜"，大雪并不能掩盖梅花天然的红颜，在白雪的衬托下梅花反而更显娇艳。最后用陆凯自江南寄梅花给范晔并赠诗的典故，表示这红梅一枝便足以代表江南春意，而"相思客"这样的用语，也隐隐透露出词人所挂念的远方之人。

咏梅花的诗词很多，此词的特点在于充分展开想象，营造出一种带有传说色彩的叙事氛围。

腊月二十二日渡湘登道乡台[1]夜归得五绝（其一）

宋·张栻

张栻（1133—1180）

字敬夫，后避讳改字钦夫，又字乐斋，号南轩，汉州绵竹（今四川省绵竹市）人。南宋著名理学家、教育家。

张浚之子，少年时代跟随父亲学习，后拜胡宏为师。孝宗乾道元年（1165）受刘珙之邀在岳麓书院主教，从学者达数千人，初步奠定了湖湘学派的规模，成为一代学宗。

张栻之学自成一派，与朱熹、吕祖谦齐名，时称"东南三贤"。著作有《论语解》《孟子说》《南轩集》。

三年不作山中客，才踏船舷[2]眼便明。
曳杖直登千尺磴，尚欣脚力慰生平。

译文 三年没有到山中来，才踏上船舷就觉得眼前一亮。拖着手杖一口气沿着石阶攀登千尺之高，值得欣慰的是脚力尚强健，足以慰平生。

1 道乡台：建筑名。在今湖南长沙市西岳麓寺旁。
2 船舷：船的两旁。

清·渐江
山水册十二开·其十二

| 解说 | 此诗当是张栻于乾道七年（1171）重回长沙时所作，所登览的"道乡台"就是他自己所建。回到岳麓山，张栻非常兴奋，一连写了五首诗，这是第一首。

前两句写"渡湘"。首句言"三年不作山中客"，是说自己离开长沙已经三年了。张栻是在乾道五年（1169）由刘珙荐举踏上仕途，先在地方任职，后又进京为官，乾道七年受排挤出京，任袁州知州不久就回了长沙，跨了三个年头，所以说"三

年"。尽管离开岳麓山实际上只有两年，并不算久，诗人对此山的思念却非常浓烈，所以"才踏船舷眼便明"，诗人乘舟渡过湘江而还，船刚靠岸，脚刚踏上船舷，眼前就一亮，整个人都精神起来。

后两句写"登道乡台"。诗人保持着兴奋的心情，拖着手杖，一口气"直登"长达"千尺"的石阶，觉得自己"脚力"尚强健，颇感欣慰。言下之意是，虽然在外兜兜转转三年，体力仍与离开时差不多，身体没有受到太大的影响。

此诗直抒胸臆，一气呵成，表现了回山的兴奋喜悦，也就表现了对官场的厌弃。

十二月二十三日作兼呈晦叔[1]

唐·白居易

案头历日[2]虽未尽,向后唯残六七行。
床下酒瓶虽不满,犹应醉得两三场。
病身不许依年老,拙宦[3]虚教逐日[4]忙。
闻健[5]偷闲[6]且勤[7]饮,一杯之外莫思量。

1　晦叔:崔玄亮的字。唐磁州昭义(今属河北省)人,仕于宪宗、文宗朝,以直谏著名。
2　历日:历书,日历。
3　拙宦:不善为官,仕途不顺。多用以自谦。
4　逐日:一天接一天,每天。
5　闻健:趁强健之时。
6　偷闲:挤出空闲的时间。
7　勤:一作"欢"。

清·任颐 松下策杖图

译文 案头放着的日历本子虽然还在,但后面只剩下六七行了。床下的酒瓶子虽然不满,还能醉个两三场。我这体弱多病之身还未被允许告老闲居,仍在官场上天天奔忙。趁着身体还算强健,不妨挤出时间多喝几杯,杯中酒之外的事情就不考虑啦。

解说 此诗当作于诗人晚年任职洛阳期间,所呈送的对象晦叔时任右散骑常侍。白居易还有一首《六年冬暮赠崔常侍晦叔》,应该也是同时期所写:"鬓毛霜一色,光景水争流。易过唯冬日,难销是老愁。香开绿蚁酒,暖拥褐绫裘。已共崔君约,尊前倒即休。"与此诗格调相类,可以并观。

首联写已近年终,以"案头历日"提示,虽然尚未用完,但只剩下"六七行",也就是只剩下六七天就过年了。诗人用两句的篇幅向读者传达这一个信息,节奏如此缓慢,一是为了确定全诗的基调,也是为下一联做引子。

颔联写家中剩酒,延续了上一联的格调,以同样句式表述。"床下酒瓶虽不满"近似"案头历日虽未尽","犹应醉得两三场"近似"向后唯残六七行",颇有民间顺口溜的情趣,是诗人有意渲染散淡随意的生活气息。计算瓶中酒还能醉几场,表明诗人日与醇醪相伴、但愿长醉不愿醒的生活状态。

颈联写做官。"病身不许依年老"是为了平仄的倒序表达,正常语序应是"不许病身依年老",是说朝廷不许他以患病为由告老还乡。"病"只是一个借口,所以下一联又自言"闻健",表明诗人此时早就以明哲保身为要务,不再指望政治上有所作为,故而在致仕不获允许的情况下,避要职而就闲职。即便是闲职,诗人仍说"拙宦虚教逐日忙",说明对公务抱持一种"对付过去就行"的态度。

尾联再回到饮酒。"闻健"是说趁着身体还康健,"偷闲"承上一句"逐日忙"而言,强调了对官场的厌倦。"且勤饮"是自勉之语,勉励自己多饮酒,且"一杯之外莫思量",酒杯以外的事情不要去想。显然,这是诗人在用酒进行自我麻醉。

此诗表现了白居易晚年的人生观,可谓"大隐隐于朝",全诗语言通俗,浅白流畅,但有着丰富的内蕴,很能代表白居易的创作风格。

腊月村田乐府十首（其三）
祭灶词

宋·范成大

古传腊月二十四，灶君[1]朝天欲言事。
云车风马[2]小留连[3]，家有杯盘丰典祀。
猪头烂热双鱼鲜，豆沙甘松粉饵[4]团。
男儿酌献[5]女儿避，酹酒[6]烧钱灶君喜。
婢子斗争君莫闻，猫犬触秽君莫嗔。
送君醉饱登天门，杓长杓短勿复云，
乞取利市[7]归来分。

1 灶君：灶神的别称。
2 云车风马：神仙的车乘。
3 留连：耽搁，拖延。
4 粉饵：一种用米粉制作的食品。
5 酌献：酌酒供神。
6 酹酒：以酒浇地，表示祭奠。古代宴会往往行此仪式。
7 利市：吉利，好运气。

译文　　自古相传，腊月二十四灶君会上天朝觐汇报。车马出发前一天会耽搁一下，因为家家户户都陈列杯盘祭祀他。祭品有煮得烂熟的猪头、鲜鱼一对，还有香甜松软的豆沙粉团子。男人酌酒献神，女人则要回避，以酒浇地，再烧些纸钱，灶君很欢喜。灶君啊灶君，家里男女之间口角您不要听，猫猫狗狗弄脏了什么您也别发怒。送您酒足饭饱登天门，家长里短的事情就别汇报了，您在天上求得了好运气就给我们带回来吧！

解说　　这是范成大描写宋代苏州一带腊月民俗的十首拟乐府作品中的第三首，写的是祭灶的风俗。

前四句写祭祀缘由。首句点明节期——腊月二十四，"古传"表明传说古已有之，故而此俗历史悠久。传说灶君要在这一天"朝天言事"，在上天之前"云车风马小留连"，灶君以云为车、以风为马，表现出诗人丰富的想象力，而且这样描述灶君的排场，也表现了这位最"亲民"的神灵亲切的形象。他为什么让车马暂时停留呢？原来"家有杯盘丰典祀"，他是留恋丰盛的祭品。

接着写祭品和祭祀方法。"杯盘"里盛放的美味佳肴都有哪些呢？有烂热的猪头，有鲜美的双鱼，还有以甘松的豆沙做馅的米粉团子，诗人将这些食物列举出来，令人垂涎，难怪灶君会停下车马"留连"于此。这些菜肴想必都是家中的妇女备办的，但祭祀的时候她们却不能在场，酌酒献神的必须是"男儿"，"女儿"则要回避。要把酒洒到地上，还要烧纸钱，这样才会令灶君高兴。

最后是祷词，即对灶君的祈求。祭祀本质上也是一种交

仿杨大章画《宋院本金陵图》(局部) 清·冯宁

换，用进献祭品的方式换取神灵的保佑，祭祀者所祈祷的内容其实就是其最关心的事情，概括起来无外乎消极的免责和积极的获利。就祭灶而言，消极的方面是让灶君到天庭不要说这家的坏话，不要把这家人平日里不好的事情报给天庭，即"婢子斗争君莫闻，猫犬触秽君莫嗔"。平常人家，日常生活，都是些鸡毛蒜皮的小事，小吵小闹极为正常，家中灶君把一切都看在眼里，什么都知道，所以要嘱咐他莫闻、莫嗔，即祈求他听而不闻、见而不怪。总的来说就是"杓长杓短勿复云"，家长里短的不要说出去。积极的方面则是"乞取利市归来分"，期望灶君从天上把好运气带回来。

此诗写民间信仰，描摹节日流程和心理非常细致，饶有趣味，令人忍俊不禁。

玄英

节日介绍

祭灶

旧时,每到祭灶这一天人们都要在灶屋(厨房)的锅台附近墙壁上供奉灶王爷、灶王奶奶像。传说灶神是玉皇大帝派到人间监察每家每户平时善恶的神,每年岁末便会回到天宫中向玉皇大帝奏报民情,玉皇大帝会给各家以相应赏罚。因此送灶时,人们会在灶神像前的桌案上供放糖果、清水、料豆、秣草,后三样是为载灶神升天的坐骑备料。祭灶时,还要把关东糖用火融化,涂抹在灶王爷、灶王奶奶的嘴上。这样,他们就不能在玉帝那里讲坏话了。

灶神像的两侧一般都贴着对联,上面往往写着"上天言好事,回宫降吉祥"及"上天言好事,下界保平安"之类的字句。另外,大年三十的晚上,灶神还要与诸神来人间过年,那天还得有"接灶""接神"的仪式,所以俗语有"二十三日去,初一五更来"之说。岁末街市上会售卖灶神的画像,家家户户会在"接灶"时张贴。

四季诗书·玄英

季冬之月

腊月

宋·赵崇嶓

> 腊月二十五,人家祓[1]旧年。
> 山人[2]无可祷,睡著不知天。

译文 腊月二十五这一天,别人家都在举行除灾求福的祭祀仪式。山中隐士没什么要祷告的,酣然入睡不知当天是哪天。

解说 这是一首写隐逸生活的诗,借用腊月民俗表现隐士的清闲豁达,相当巧妙。

前两句写风俗。腊月里习俗甚多,二十五这天,民间有接

赵崇嶓(1198—1255)

一作嶓、礴,字汉宗,号白云,南丰(今属江西省)人。宋代词人。

宁宗嘉定十六年(1223)进士,做过几任地方小官,后为大宗丞。

有《白云小稿》,已佚。《江湖后集》收录其诗五十四首。

1　祓:除灾求福。
2　山人:隐居在山中的士人。

玉皇、糊窗花等风俗，各地根据地域特色而不同。通过这首诗，我们知道在南宋时期，腊月二十五要"祓旧年"，即举行祭祀仪式，祓除过去一年的邪祟不祥，祈求来年的福气好运。"人家"一词表明这是别人家都会做的事情，言下之意自己并非如此，这就为下文做了铺垫。

后两句写山中居士的隐逸生活。"山人无可祷"紧承"人家祓旧年"而作转折，祓旧是为了祈新，祭祀神灵是为了向神灵祷告祈福，而"山人"安贫乐道，不慕荣利，并没有什么需要祈求的，也就无须祭祀祷告。此句暗用了《论语》中"孔子之祷"的典故，《述而》篇记载孔子病重，弟子子路要为他向神灵祷告，孔子问："有诸？"子路说诔文里面本来就有"祷尔于上下神祇"的话，孔子说："丘之祷久矣！"即"（这么说的话）我已经祈祷很久了"。孔子的意思是说自己平日里的言行并无亏心之处，皆可质诸鬼神，根本无须再祷告什么。"山人无可祷"一句也有这个意思，如果真的有神目如电，可以福善祸淫，自己平时的一举一动一言一行都早已被看得清清楚楚，临时求祷又有什么用呢？这是一种理性豁达的人生态度。这样的态度形象地表现于诗的最后一句"睡著不知天"，隐居生活就是如此闲适散淡，饮酒沉醉，酣然入眠，浑然忘了当天是哪一天，更忘了要行怎样的习俗。"天"字一语双关，既可以指上苍、天神，即"祷"的对象，又可以指时日。

清·王鉴
湘碧居士仿古册·其十三

四季诗书·玄英

季冬之月

腊月雪后

宋·汪莘

> 汪莘（1155—1227）
> 字叔耕，号柳塘，徽州休宁（今属安徽省）人。南宋诗人。
> 不事科举，终生未仕，隐居在黄山研究《周易》，旁及释、老。晚年筑室柳溪，自号方壶居士，学者称柳塘先生。
> 有《方壶集》传世。

林下雪消添晚汲，山中日出欠晨炊[1]。
先生[2]茅屋春犹早，只有阶前碧草知。

译文 树林下的积雪消融，增添了傍晚常去汲水的山涧的水势。山中日出时分，做早饭的炊烟尚未升起。处士人家的茅屋此时已迎来春天，可是这只有台阶前的青草知道。

解说 此诗如题所示，写的是腊月的雪后，表现了山居的清静氛围。

1 晨炊：清晨做早饭。
2 先生：文人学者的通称。可自称，亦可称人。

前两句写雪后的景象。树林中的积雪渐渐消融，汇入山涧之中，让涧水水量大增，故言"添晚汲"，这是用人的活动表现自然的变化。"山中日出欠晨炊"亦是如此，古人日出而作，日落而息，太阳出来了，却看不到做早饭的炊烟，说明人还在歇息，因为雪后的天气最为寒冷，早起不易，同时也表现了山居生活的散淡随意。

后两句则是用自然现象表现人的生活状态。"先生"即在山中隐居的隐士，住在"茅屋"里。腊月里春天已近，春天到来的脚步按说并非因人而异，为什么偏偏说隐士的茅屋"春犹早"呢？因为山野比市镇能发现更多春天到来的讯息，诗人用"阶前碧草"作为表征，暗寓雪水滋润草根，令其更快生长，只有阶前的小草能探悉春日到来的讯息。

此诗清浅流畅，淡而有味，描绘出一幅宁静安和的"山居图"。

清·王时敏
仿古山水册·仿梅道人溪山图

韦使君宅海榴¹咏

唐·皇甫曾

皇甫曾（？—785）

字孝常，润州丹阳（今属江苏省）人。

天宝十二载（753）登进士第，安史之乱中避地吴越，代宗大历年间在朝做官，后闲居丹阳。

皇甫曾工诗，与其兄皇甫冉齐名，时人比之晋张载、张协，高仲武称其诗"体制清洁，华不胜文"。《全唐诗》编诗一卷，《全唐诗外编》补诗二首。

淮阳²卧理³有清风，腊月榴花带雪红。
闭阁寂寥⁴常对此，江湖⁵心在数枝中。

译文　淮阳一地在您清静无为的治理下颇受清惠的风化，腊月里带雪的石榴花红艳如火。您闭门静修时常常与此花相对，把隐逸之心寄托在这几枝花中。

1　海榴：即石榴。因来自海外，又名海石榴。
2　淮阳：地名，在今河南省周口市淮阳区。
3　卧理：犹卧治，清静无为不扰民的治理方式。
4　寂寥：恬静，淡泊。
5　江湖：江河湖海。引申为退隐、隐逸。

清·陈舒
天中佳卉

解说

这是一首咏石榴花的诗,兼恭维友人。

首先赞颂韦使君治理淮阳得法,"卧理"是清静无为不扰民的意思,"有清风"表明当地人民在他的清廉和惠民政策下受到潜移默化的影响。第二句所言"腊月榴花带雪红"象征着韦使君的政绩。"带雪红"三字描绘出火红的榴花上落了白雪的景象,花红与雪白相映成趣,格外美丽动人。

后两句设想韦使平居生活中对榴花的喜爱,进一步将花与人联系在一起。"闭阁寂寥"言韦使君时常闭门静修,与诗的首句相呼应。静修之时常与榴花相对,为什么呢?是因为把"江湖心"即隐逸之心寄托在"数枝中"。此句是说韦使君虽然身在官场,却有清静的隐逸之心,身在世俗却不受世俗的染污。

此诗清新俊逸,描写榴花,简洁而颇具画面感,恭维友人而不流于贡谀,切合人物的性格特点,理致清通。

逢雪宿芙蓉山主人

唐·刘长卿

日暮苍山远，天寒白屋[1]贫。
柴门闻犬吠，风雪夜归人。

译文　夕阳西斜更显青山幽远，天气寒冷愈觉茅屋贫寒。篱笆门里狗叫了起来，是主人在夜里冒着风雪回家。

解说　此诗当作于大历年间诗人被贬为睦州司马之后。

前两句对仗非常工整，描写了投宿时的山野景致，却需要读者颇费心思理解。"日暮"与"苍山远"，"天寒"与"白屋贫"有什么联系呢？其实"远"和"贫"是"显得更远""显得更贫"

1　白屋：穷人家住的茅草屋，屋顶铺着干茅草，色白，故称。

之意。夕阳西下，光线转暗，与正午当空的太阳相比，显得离人更远，连带着视觉上所落之处的山也显得更远了。穷人家的小茅屋，若在春夏季节，青草铺地，绿树掩映，山花烂漫，并不显得很寒酸。即便是秋天，刚刚收获，草堆金黄，枫叶点缀，也还有丰收的喜气。偏偏时值隆冬，树木只剩下光秃秃的枝条，地面雪霜融化的地方露出泥土的本色，茅屋一览无余，屋顶上的茅草在寒风中摇摇欲坠，想来挡风避寒有点够呛，屋里恐怕没有多少取暖的设施，在旅者眼中就显得特别萧条。所以，这两句说明了诗人特别善于体会和把握细微的感受及其变化并将其用诗的语言表达出来。

正因为头两句极尽萧索之意，"起"了一个很低的"调子"，这样才把后两句的生活气息凸显出来。尽管屋是"白屋"、门是"柴门"，有人在这里生活，便有暖意，当主人在风雪交加的晚上回来，尚未进院，灵敏而忠心的狗已经兴奋地叫了起来，屋里亮起灯光，家人迎了出来，奔波的辛劳和冬夜彻骨的寒意一下子就得到了缓解。这样原本平常的场景，在冬夜里却很有感染力，旅途中的诗人因此而觉得温暖，特意写下来，使读者心里也感受到了暖意。

因此，此诗用节候的寒冷、山野的萧索、农家的贫寒反衬人情的暖意，对典型物象和典型生活场景有非常精到的把握，语言极精练，不拖泥带水，留给读者想象和思考的空间很大。如果非要去彰显"同情穷人"或"待客热情"，反而离诗意远了。

元·盛懋 山中溪水风雪归人雪景图轴

四季诗书·玄英

季冬之月

闽城¹岁暮

元·萨都剌

萨都剌(约1307—约1359)

字天锡,号直斋,先世为西域人,出生于雁门(今山西省代县)。元代著名诗人、画家。

泰定四年(1327)进士,授应奉翰林文字,后在多地任地方官,交游广泛,晚年居杭州。

萨都剌留下了近八百首诗词。其词长于怀古,笔力雄健,后人誉之为"有元一代词人之冠"。有《雁门集》传世。

岭南²春早不见雪,腊月街头听卖花。
海国³人家除夕近,满城微雨湿山茶。

译文 见不到雪的岭南春天来得早,腊月的街头就能听到卖花声。近海之地临近除夕,整个城市笼罩在蒙蒙细雨中,打湿了艳丽的山茶花。

1 闽城:城名,即今福建省福州市。
2 岭南:五岭以南地区的概称。五岭即越城岭、都庞岭、萌渚岭、骑田岭和大庾岭,在历史上大致包括今广东、广西和云南省东部、福建省西南部的部分地区。
3 海国:近海地域。

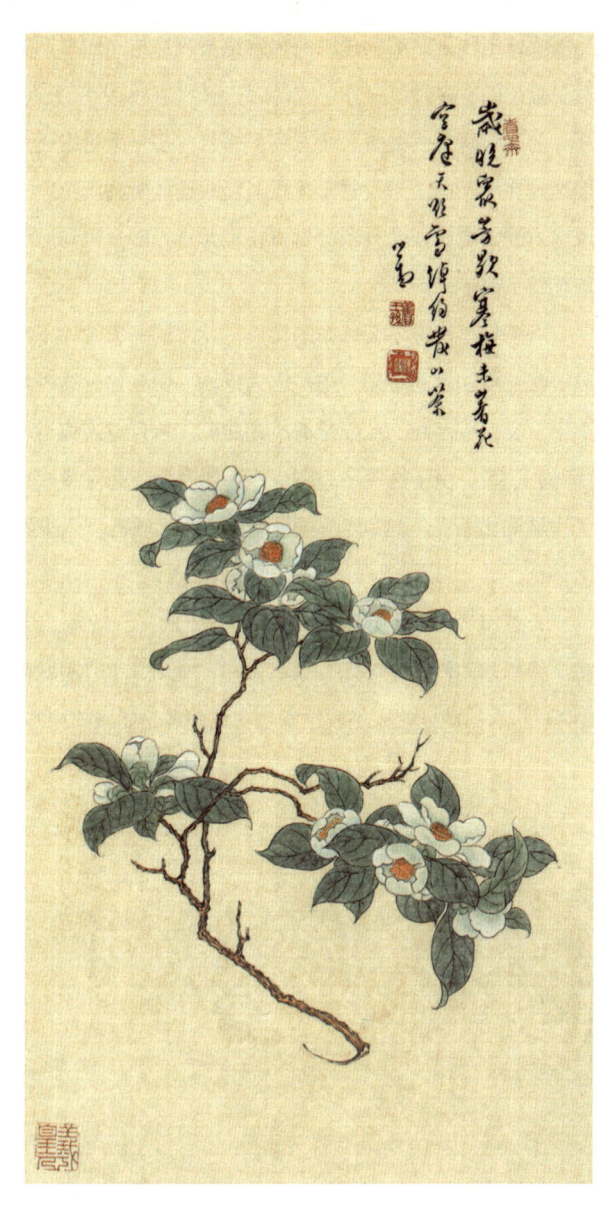

清·溥儒
花

解说　此诗当作于萨都剌任闽海福建道肃政廉访司知事期间，描写了福州的岁暮时节。

前两句写气候温暖。北方到了腊月，多是大雪纷飞，岭南地区则完全不同，不仅看不见雪，街头还能听到卖花声，没去过南方的人看到如此景致会觉得特别新奇，而且也为后面写山茶花做了铺垫。

后两句写南方冬天气候的特点。北方的冬天较为干冷，北风一吹，皮肤容易皲裂。福州因为近海，快到除夕的时候不仅不干，反而较湿润，这都是海风的功劳，所以诗人称当地人为"海国人家"。由于海风带来的水汽，腊月里下起了微雨，打湿了满城的山茶花。这就与前面"听卖花"相呼应，原来卖的是山茶花。

一首诗写一地风貌，这首就是一个例子，短短二十八个字，将福州的岁暮牢牢印在读者脑中，尤其末句"满城微雨湿山茶"极有风致，让人感叹世间也有这般冬日如春的地方。

除夜作

唐·高適

旅馆寒灯[1]独不眠，客心[2]何事转凄然？
故乡今夜思千里，霜鬓[3]明朝又一年。

译文 旅馆里独对寒灯难以入睡，我这游子之心因为何事而深感凄凉？今夜我的乡愁穿越千里，明朝就是新年，岁月又在我的鬓角添了风霜。

解说 唐玄宗天宝九载（750）的除夕，当时高适任封丘尉，送兵到范阳节度的清夷军（今河北省怀来县），此诗是在归程途中

1 寒灯：光线暗淡的灯。
2 客心：客居之心，即漂泊在外的游子的心境。
3 霜鬓：斑白的鬓发。发色斑白如经霜。

所作。众所周知高適是唐代杰出的边塞诗人，其诗风格雄浑高亢，但这首诗却低回婉转，是其作品中很有特点的一首。

除夕是阖家团聚的时候，诗人却客处异乡，孤独悲凉的感觉当然分外难耐。诗的前两句写自己的处境和感受，诗人独自在旅馆房间，对着一盏孤灯，灯光昏暗，寒意逼人，怎能不黯然神伤？"客心何事转凄然"一句是明知故问，借此一问，引出三、四句，以答问的形式抒发自己的乡愁。

"故乡今夜思千里"说的是离乡之远，离乡千里当然并不只是"今夜"，但因今夜是除夕，家人一定在思念千里之外的诗人吧，此句不从自己出发，而是从设想中家人的想法出发，以家人思念自己表现自己思念家人。"霜鬓明朝又一年"顺着亲友之思而审视自己，一年过去，又老了一岁，双鬓更加斑白。这种落寞的感受，不仅是独在异乡所感发，而且源自诗人当时的处境。高適直到近五十岁才做了封丘尉这样的小官，眼看年华老去，政治抱负恐难有实现之时，失望颓丧与愤懑不甘混杂在一起，让这寒冷冬夜更加难熬。

这首诗平白如话，却含蓄蕴藉，将复杂的心情凝聚在一首七绝之中，语言非常精练，如胡应麟所评，"添著一语不得"，艺术造诣很高。

清·恽寿平
仿古山水册·其六

除夕

玄英

节日介绍

　　一年的最后一天称为"岁除","除"就是去除之意,表示一年过去了。当天的夜晚称为"除夕",夕即夜晚之意。除夕俗称"大年三十",是最重要的传统节日之一。

　　除夕要阖家祭祀祖先,大家族聚居的一般在公设的祠堂进行,小家庭则多设祖宗牌位。祭毕就围坐桌边吃团圆饭,即"年夜饭",这是一年最丰盛的一顿饭,即便家境较贫寒,平日里生活拮据,也一定要精心准备,让这一顿饭尽可能丰盛一些。一般来说,年夜饭都会有鱼,寓意"年年有余"。北方过年有吃饺子的习俗,那是因为气候寒冷,食材有限。饺子做成元宝状,也有着富足吉祥的寓意。吃完年夜饭,长辈要给晚辈"压岁钱",有镇压邪祟的意思。

　　除夕夜还有守岁的习俗,整夜不熄烛火,称为"燃灯照岁""点岁火""照虚耗"等,据说有除邪祟和让来年财富丰盈的功用。人也整夜不睡,称为"守岁""熬年夜"。不仅屋里要燃灯点烛,很多地方门外也要挂上红灯笼,象征团团圆圆,红红火火。人们为了避免犯困睡着,往往彻夜聚在一起聊天。

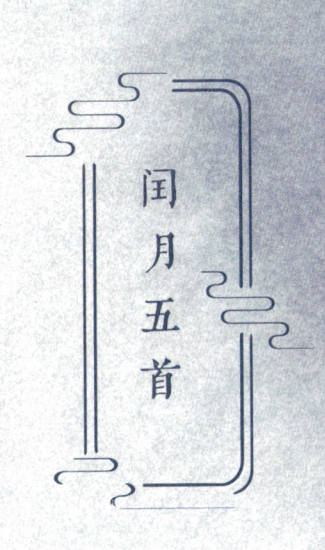

闰月五首

眼儿媚[1]·酣酣日脚紫烟浮

宋·范成大

萍乡[2]道中乍晴,卧舆[3]中困甚,小憩柳塘。

酣酣[4]日脚紫烟浮,妍暖破轻裘[5]。困人天色,醉人花气,午梦扶头[6]。

春慵[7]恰似春塘水,一片縠纹[8]愁。溶溶泄泄[9],东风无力,欲皱[10]还休。

1. 眼儿媚:词牌名,又名"秋波媚""小阑干""东风寒"等。
2. 萍乡:今江西省萍乡市。
3. 舆:车或轿子,此处当指后者。
4. 酣酣:酒醉之态,此处形容日色。
5. 轻裘:轻暖的皮衣。
6. 扶头:酒醉扶额之状,表示醉态,扶头酒就是以此醉态命名的,白居易《早饮湖州酒寄崔使君》"一榼扶持头酒,泓澄泻玉壶"。
7. 慵:懒散。
8. 縠纹:绉纱一般的纹理。
9. 溶溶泄泄:宽广舒缓之状。泄泄一作"曳曳"。
10. 皱:一作"避"。

译文

日色如醉,阳光穿过天边紫色的雾霭,这晴暖的天气让我解开袭衣。天气令人困倦,午睡香梦沉酣,如在醉里。

春日的慵懒就像池塘里的春水,春愁就像一片浅浅如绡纱的纹理。水面宽广而又静谧,东风轻轻吹拂下,想皱也皱不起。

解说

此词当作于乾道九年(1173)闰正月二十六。乾道七年(1171)范成大以集英殿修撰出知静江府(今广西桂林市)兼广西经略安抚使,八年腊月从家乡出发赴任,途中经过萍乡而作,范成大自著的《骖鸾录》中有记载:"乾道癸巳闰正月二十六日,宿萍乡县,泊萍实驿。"

在写春天的诗词中,这首非常有特色,将春日的慵懒表现到极致。词前小序中交代了具体创作背景,当时雨天乍晴,词人正在轿子里打瞌睡,于是停轿于池塘边,稍事休息,下轿观景。上阕使整首词的情境被笼罩在一片醉意当中,第一句"酣酣日脚紫烟浮"用"酣酣"二字来形容日色,后面又用"醉人"形容花香,用"扶头"这个美酒名形容午睡的梦,极尽拟人化的描写。再加上暖洋洋的天气("妍暖破轻袭")和令人困倦的"天色",视觉、触觉、嗅觉三管齐下,恍恍惚惚,朦朦胧胧,描绘出一幅半梦半醒的春困图。

下阕就用眼前池塘里的春水来比喻春天的慵懒,更有新意。整个都化自宋祁《玉楼春·春景》"縠皱波纹迎客棹"里的"縠皱波纹"四字而别开生面。"一片縠纹愁"的"愁"不是真有什么烦心事,而只是春困时情绪低落,为什么如绡纱的浅浅波纹可以用来比喻慵懒的春愁呢?后三句给出了绝妙的回答。春水是那样的平缓静谧,在"无力"的"东风"吹拂下,似乎起了

元·高克恭 春云晓霭图

一点点波纹，水面欲皱又皱不起来，就像人在春困中打不起精神一样。

词人以精妙的比喻写出春天微妙的感觉，灵感来自不经意间，随意写来，句句都那么贴切自然，堪称春天女神的知己。

四季诗书·玄英

闰月五首

闰四月廿三日梦中作

清·钱谦益

柔桑[1]覆笼绿毵毵[2],密雨温风正养蚕。
门外衔泥春燕语,樱桃消息[3]到江南。

钱谦益(1582—1664)

字受之,号牧斋,晚号蒙叟、东涧遗老,江南常熟(今属江苏)人。明末清初诗人、学者。

明万历三十八年(1610)一甲三名进士。崇祯初年为礼部侍郎,因事罢归。娶名妓柳如是,筑绛云楼,藏书极富。后清兵渡江,出城迎降。顺治三年(1646),授礼部侍郎。

钱谦益与吴伟业、龚鼎孳并称"江左三大家"。著述宏富,有《初学集》《有学集》《投笔集》《杜诗笺注》等传世。

译文 柔嫩的桑叶覆盖在草笼上,绿油油的垂拂纷披。雨丝细密,暖风吹拂,正是养蚕的时节。门外传来正在衔泥做巢的春燕呢喃,似乎在说江南的樱桃就要成熟了。

1 柔桑:嫩桑叶。《诗·豳风·七月》:"女执懿筐,遵彼微行,爰求柔桑。"郑玄笺:"柔桑,穉桑也。"
2 毵毵:垂拂纷披的样子。
3 消息:征兆,端倪。

清·李鱓
桃花柳燕图

解说

　　这是一首描写初夏风物的诗,创作背景上的特别之处,除了作于闰月之外,还是梦中所作。其实这也是文学创作常有的现象,较长时间处在构思作品的状态中,往往会形诸梦寐,甚至在梦里想出一首作品。

　　前两句由桑树写到养蚕,自然而然点出了节候。春蚕饲养通常在农历的三至五月,即春末夏初,桑叶柔嫩肥美,宜于作为蚕的饲料。诗人起手一句"柔桑覆笼绿毵毵",先把养蚕的器具给介绍出来,初夏的桑叶是"柔"的、"绿"的,人们将其采摘下来,覆盖在秸秆或草梗编成的草笼之上,供蚕食用。"密雨温风正养蚕"言明了"柔桑覆笼"的用处,也指出此时的天气适合养蚕。养蚕对温度和湿度都有较高要求,温度须在二十到三十摄氏度之间,湿度当保持在80%左右,江南初夏的温暖湿润正符合要求。

　　后两句从已至之物写到未至之物,撷取了江南初夏最有代表性的风物。"门外衔泥春燕语"的"春燕"提示燕子是春天就已经到来的,此时已经是"老朋友"了,正在门外呢喃,它们叽叽喳喳在说些什么呢?原来说的是"樱桃消息到江南",这就用拟人的手法,借燕子之口,把江南之夏最诱人的风物之一——樱桃点了出来。此时樱桃尚未成熟,仅有"消息"而已,却已令人满怀期待。

　　此诗格调清爽,风致嫣然,通篇洋溢着浓郁的水乡生活气息。

闰月七日织女

唐·王湾

王湾（生卒年不详）

洛阳（今属河南省）人。唐代诗人。

先天元年（712）登进士第，开元初任荥阳主簿。唐玄宗命马怀素等校正群书，王湾也参与了，开元十一年（723）与殷践猷等重修成《群书四部录》二百卷。后来任洛阳尉。

王湾早有文名，为天下所称。《次北固山下》"海日生残夜，江春入旧年"之句，宰相张说题于政事堂，作为写诗的楷式。《全唐诗》存诗十首。

耿耿[1]曙河[2]微，神仙此夜[3]稀。
今年七月闰，应得两回归。

译文 遥远的银河在拂晓时分暗淡下来，牛郎织女难得有此相聚的夜晚。今年闰七月，有两个七夕，他们应该能聚首两次吧。

解说 此诗如题所示，是在闰七月七日咏织女的诗，表达了对神话传说中牛郎织女的同情。

首句"耿耿曙河微"化用陈后主《有所思》诗的"耿耿曙河

1 耿耿：高远貌。
2 曙河：拂晓的银河。
3 夜：一作"会"。

天",以银河在拂晓时分暗淡下去表示传说中牛郎织女渡河相会的夜晚即将结束,言相聚时间短,仅此一句,已露叹惋之情。接着说"神仙此夜稀",他们能够相会的夜晚太少太少了,言相聚次数少,进一步加强了对牛郎织女的怜悯。诗人特别强调了他们"神仙"的身份,感慨即便做了神仙也不得自主,而神仙尚且如此,凡人的悲欢离合又哪里能避免得了呢?

后两句紧扣"闰月",言既然"今年七月闰",他们应该能相聚两次吧,"应得两回归"的"归"是站在织女角度说的,点了题,传说中是牛郎渡河见织女,因此对于织女来说牛郎是"归"来。牛郎织女被银河阻隔,一年只能在七夕会面一次,这是王母规定的,而诗人认为既然有两个七夕,应该能聚首两次,这里包含着对王母拆散夫妻的不满,是对她权威的挑战。

此诗借用神话传说,表达对个体命运的关切和对美好情感的肯定,语言朴实自然,清新流畅,意味深长。

清·袁耀
汉宫秋月图

戊辰闰八月归临安观旧题修竹黄杨丁香慨然有感复书三绝于后（其二）

宋·王十朋

王十朋（1112—1171）

字龟龄，号梅溪，温州乐清（今属浙江省）人。南宋政治家、文学家。

家境清寒，初在家聚徒讲学。绍兴二十七年（1157）状元。曾数次建议整顿朝政，起用抗金将领，力陈抗金恢复之计。后出知夔州、湖州，救灾除弊，有治绩。乾道七年（1171）被授予太子詹事，因病力辞，以龙图阁学士致仕，卒谥忠文。

有《梅溪集》传世。

同日种松今合抱，后来栽柳已参天。
笑看轩[5]外黄杨树，我亦如君厄闰年[6]。

---

1. 临安：南宋首都，在今浙江省杭州市。
2. 修竹：高高的竹子。
3. 黄杨：植物名。常绿灌木或小乔木，木材淡黄色，木质致密，可以做雕刻的材料。
4. 丁香：植物名。落叶灌木或小乔木，春季开花，有香味。
5. 轩：有窗的长廊或小屋，这里指书斋。
6. 厄闰年：指黄杨厄闰。陆佃《埤雅·释木》："黄杨木坚致难长，俗云，岁长一寸，闰年倒长一寸。"

宋·刘松年
山馆读书图

译文　　同一天种的松树如今已经合抱粗，后来才种的柳树已经高耸入云天。我笑看书斋外的黄杨树想，我也和你一样到闰年就受困吧。

解说　　此诗标题应断句为：戊辰闰八月归临安，观旧题修竹、黄杨、丁香，慨然有感，复书三绝于后。戊辰年即绍兴十八年（1148），这一年的闰八月，王十朋回到临安，看到自己以前所写的三首分别咏修竹、黄杨和丁香花的诗，很感慨，又写了三首绝句，仍是咏此三物，这是第二首，咏的是黄杨。

前两句言黄杨树长得太慢，用松树和柳树作对比。松树是"同日种"的，如今已经能"合抱"，即成年人两臂合抱那样粗了。柳树种得更晚，如今"已参天"，黄杨如何呢？诗人没说，因为不需要说，黄杨生长速度慢是众所周知的，其与松树、柳树对比下的细小模样，留给读者自己想象。

后两句从树木说到自己。诗人"笑看轩外黄杨树"，此处诗人不是嘲笑，不是怜悯的笑，而是想到自己时的苦笑。他用了"厄闰年"的说法来解释黄杨树长得慢，即黄杨树每年只能长一寸，每逢闰年却又倒缩一寸。这当然没什么科学道理，只是古人对黄杨这种树木生长速度慢尝试做出解释，诗人也不是真的相信这种说法，而是借这一年是闰年这一点，把自身命运和眼前的树木联系起来，笑自己屡试不第，三十好几还无所作为，与黄杨"同病相怜"。黄杨质地坚实，一旦成材就价值不菲，诗人言自己与黄杨一样，也暗寓着对未来的期许。

此诗借咏物自况，别出心裁，颇有趣味性。

杨万里（1127—1206）

字廷秀，号诚斋，吉州吉水（今江西省吉水县）人。南宋大臣、文学家。

绍兴二十四年（1154）中进士，授赣州司户参军。宁宗即位后两次召其赴京，辞谢不往。开禧二年（1206）卒于家中书斋，追赠光禄大夫，谥文节。

杨万里与陆游、尤袤、范成大并称为南宋"中兴四大家"，其诗独具风格，变化多端，对后世影响很大。有《诚斋集》传世。

悯农

宋·杨万里

稻云[1]不雨不多黄，荞麦[2]空花早著霜。
已分忍饥度残岁[3]，更堪岁里闰添长。

译文 因为没下雨，成片的稻田里只有一小部分稻穗黄了，而荞麦上结了霜，远远望去就像开了花。已经打算忍饥挨饿度过年终，却还要忍受闰月拉长了时间。

解说 此诗作于隆兴二年（1164）闰冬月（十一月），主题是"悯农"，这是诗歌中一个较为常见的主题，诗人用闰月来表现，

1 稻云：比喻稻田广大，庄稼成片，一望如云。
2 荞麦：农作物名。一年生草本植物，籽实磨成粉可制面食。
3 残岁：岁末。

很有新意。

前两句写农作物的生长状况。"稻云不雨不多黄"说的是晚种的稻子，因为当年雨水不足，只有"不多"的稻穗黄了，即快要成熟，其他的还是青的，预计收成不会好。"荞麦空花早著霜"说的是荞麦被霜打了，白色的霜华远看就像开花了一样，故言"空花"。荞麦开花就是快要结果实，快要收获了，所以这句短短七个字写出了一场空欢喜。前句实写"黄"之少，后句虚写"花"开；前句写干旱，后句写寒霜，都是令农民忧心忡忡的状况。

后两句写闰年加剧了农民的困境。因为青黄不接而且预计收成不好，农民们"已分忍饥度残岁"，打算好了忍饥挨饿度过年终，"已分"字是口语用法，意味"已经把……当成分内"，即把某种不好的情况作为必然接受了，这样写让诗的语言更贴近老百姓生活。农民们已经有了这样的思想准备，可"更堪岁里闰添长"，无奈这一年是闰冬月，意味着需要忍饥挨饿的时间增加了一个月，日子更难熬了。

此诗以对农民生产生活状况的细致体察为基础，抓住闰年的特点，让农民的艰难困苦得到鲜明的表现，语言朴实无华却有很强的感染力，让读者与诗人一起对农民生起怜悯之心。

清·冯宁
仿杨大章画《宋院本金陵图》（局部）